D1668586

Chris Jacobsen

Einfach schön hier

für Nome

Bibliografische Information der Deutschen Nationalbibliothek:
Die Deutsche Nationalbibliothek verzeichnet diese Publikation in der
Deutschen Nationalbibliografie; detaillierte bibliografische Daten sind
im Internet über http://dnb.dnb.de abrufbar.

© 2021 Chris Jacobsen
Lektorat: J.J.J.B
weitere Mitwirkende: Grafik: ThomBal/ Shutterstock.com
Herstellung und Verlag: BoD – Books on Demand, Norderstedt
ISBN: 978-3-7526-5841-5

Jan Jensen und Johann Petersen saßen in der Abendsonne, an Deck ihres kleinen Kutters.

Sie verrichteten die letzten Arbeiten, die letzten Handschläge an Deck ihres Schiffes.

Den Kutter hatten sich die beiden Männer, für einen eher geringen Preis, gemeinsam mit dem Liegeplatz im Innenhafen von Husum gekauft.

Sozusagen als Schrebergarten für Nordmänner.

Der Kutter selbst war nicht mehr seetauglich und diente hier, an diesem Platz praktisch nur als romantisierende Erweiterung zum Stadtbild.

Die beiden Männer waren durch den Kauf für Pflege und Erhaltung des Schiffes zuständig.

Eine Aufgabe, die sie beiden gerne übernommen hatten.

Wer träumt denn bitteschön nicht von romantischen Sonnenuntergängen im Naturschutzgebiet Wattenmeer, bei ablaufendem Wasser?

Vom Kutter aus hatten sie einen ungetrübten Blick auf die bunten Fassaden der Häuser am Hafen auf der einen Seite und auf die Neubauten auf dem alten Werftgelände auf der anderen Seite.

Husum war in den letzten Jahren gewachsen und gab sich an manchen Stellen eben auch das richtige, architektonische Stadtbild.

Seit ihrer Kindheit, hatte sich dieser Ort, wie man so schön sagt: „Gemausert," und war zu einer echten Perle geworden.

Weit weg von Theodor Storms Ansicht, der grauen Stadt am Meer.

Beide Männer waren großgewachsen, hatten von Sonne und Seeluft gegerbte Haut und hatten eine durch und durch zufriedene Ausstrahlung.

Jan saß backbord an der Reling, reinigte die Reuse, die den Tag über im Hafenwasser gehangen hatte von kleinen Plastikstückchen und bei jedem Fitzel, den er entfernte, kam ein leises: „Das gab´s früher nicht" aus seinem Mund.

Johann ging zum Heck, um die Leinen zu überprüfen, als ihm plötzlich etwas im Wasser auffiel, das in gemächlicher Geschwindigkeit auf ihn zu geschwommen kam. Er kniff seine Augen zusammen und versuchte zu erkennen, was das denn wohl sein könnte.

Er griff hinter sich, schnappte sich den neuen Bootshaken und lehnte sich über das Heck des kleinen Schiffes.

„Jan, komm mal her", rief er und ahnte schon, was der Inhalt des blauen Plastiksacks war, der da orientierungslos durch das Husumer Hafenwasser dümpelte.

„Was ist denn?", fragte Jan, der jetzt unmittelbar neben seinem langjährigen Freund stand.

„Kuck mal hier, der blaue Sack. Was ist das denn?"

Jan antwortete, dass er nur den Blauen Bock kennen würde, woraufhin er nur einen entgeisterten Blick seines Kumpels erntete.

In diesem Moment erreichte die Spitze des Bootshakens die überdimensionale Plastiktüte und riss sie ein kleine Stück auf. Die beiden Männer konnten noch nicht genau erkennen was der Inhalt war, doch dass es sich um eine Menschen, der da drinnen steckte handeln musste, konnten sie sofort erkennen Darauf hatten sie schon seit Jahren gewartet, wie ein Taxifahrer in New York hören will, dass er irgendeinem anderen Fahrzeug folgen soll.

Es gab ein leises metallisches Geräusch und das hieß, dass der Besucher aus einer anderen Gezeit jetzt am Schiff angekommen war und mit seinem Kopf gegen das Heck des Schiffes schlug.

„Das ist ja mal ein Ding", flüsterte Johann, „ was machen wir jetzt?"

„Wir rufen Reimer an, der wird wissen, was zu tun ist", war Jans schnelle Antwort.

„Man Jan, der ist in Pension, der hat nichts mehr zu sagen, „aber vielleicht hat er noch einen Tipp. Ich funk ihn mal an. Warte hier und pass auf unseren Gast auf."

Während Johann sich auf den Weg unter Deck machte, blieb Jan am Heck und fixierte auf künstlerische Art und mit viel Gefühl, den schwimmenden, blauen Plastiksacksarg so am Heck, dass auch das ablaufende Wasser, dessen Strömung jetzt langsam zunahm, ihn nicht davontreiben konnte.

Es war so ein schöner Tag gewesen und es hätte ein so gemütlicher Abend werden können.

Und jetzt das hier.

Dann kam sein Geschäftspartner, wie sie sich gegenseitig nannten, endlich zurück.

„Reimer hat seinen Kollegen von der Hafenpolizei angerufen, die kommen gleich. Wir sollen hier auf den Sack aufpassen".

Beide Männer hingen weit über die Bordwand gelehnt, wechselten sich gegenseitig mit der doch kraftraubenden Fixierung ab und versuchten, dem Inhalt nicht wehzutun, also ihm nicht zu schaden, Spuren zu hinterlassen.

Dann kam auch endlich Wasserschutzpolizei und bezog direkte Position hinter ihrem Heck, sodass der Wasserleichnam direkt zwischen den beiden Schiffen hin und herschwamm.

Durch die kleinen Wellen, die die WAPO zwangsläufig produziert hatte und das Wasser wieder in Bewegung gesetzt hatte, schlug der Schädel jetzt abwechselnd gegen den Rumpf des Kutters und dann gegen den des Polizeischiffes.

Ein leises Glockenspiel zum Ausklang des Tages.

„Nun hol ihn doch mal einer raus da", brüllte eine sichtlich genervte Stimme von der Brücke der WAPO.

Zwei Polizisten machten sich sofort daran, den aufgeweichten Mann, an der niedrigsten Stelle des Schiffes an Bord zu hieven.

Eine Hälfte der Plastikummantelung, die scheinbar mit Nordseewasser gefüllt war, löste sich, glitt an dem Leichnam herunter und zwei Beine, gehüllt in eine Anzughose und braune Schuhe, kamen zum Vorschein.

Der eine Polizist griff nach dem blauen Plastiksack und zog ihn an Bord.

„Vielleicht sind da ja noch Beweise drin", nuschelte Jan durch seinen Vollbart und vorbei an seiner Pfeife, die er sich kurz vorher angesteckt hatte.

Er blies den Qualm durch die warme Abendluft und beobachtete, wie die Polizisten, den mit Wasser vollgesogenen Körper, mit aller Kraft an Bord hoben, wo er dann doch mit einem lauten Geräusch aufs Deck knallte.

„Vorsicht ihr Pappnasen", kam es laut von der Brücke und Johann und Jan warfen sich einen fragenden Blick zu. Wer mochte da oben stehen und warum war er so unentspannt bei der Arbeit?

Es war Sommer, ein herrlicher Abend, sicherlich konnte einem so eine Wasserleiche die Pläne für ein paar ruhige Stunden durchkreuzen, aber wie sagte ihre Tante immer so richtig?

„Augen auf bei der Berufswahl".

Wie immer hatte diese kleine Frau, die schon ihr Leben lang in dieser Stadt wohnte, die eine unerklärliche Liebe zu Theodor Storm hatte und neben einem großen Gemeinwissen eine tüchtige Portion Humor besaß, einfach recht.

Dann trat der Grummelige von der Brücke ins Freie.

Ein Mann von gewaltigen Ausmaßen.

Groß gewachsen, dunkle, lockige Haare, einen langen Vollbart und Augen, die im spärlichen Licht des Hafens alles zu inspizieren schienen.

Dann blickte er zu Jan und Johann, die sich bis jetzt nur als Beobachter fühlten.

„Sie da. sie haben ihn gefunden?" Mit Ihnen muss ich auch noch reden, also nicht weglaufen oder in die Kneipe gehen, oder was man in diesem verlassenen Dorf sonst noch so machen kann", kam es ein wenig abfällig bei den beiden Friesen an, was sie aber nicht weiter in eine für sie unangenehmen Gefühlszustand brachte.

„Alles klar, Chef. Ich bin hier, wenn du was brauchst", rief Johann zurück und blieb entspannt über die Reling gebeugt an seinem Platz am Heck stehen.

Der Klotz von der Brücke quittierte die Antwort mit einem leichten Kopfnicken.

„Ich mach mal die Reuse fertig", verkündete Jan, zog an seiner Pfeife und machte sich auf den Weg.

Johann blieb stehen und sah seinem Bruder nach, der langsam davontrottete.

Die Sonne ging langsam unter und tauchte das Wasser in ein herrliches, tiefes Rot und genau das waren diese Momente, die er an dieser Stadt liebte.

Diese herrliche Luft, gepaart mit diesem warmen Licht und der Entspanntheit ihrer Bewohner.

Und während er so über den Hafen blickte, seine kleine Stadt bewunderte, hörte er ein Fahrradklingeln, das nur von einem Menschen rühren konnte.

Reimer Hinrichs, ehemaliger Polizeichef in Husum, begeisterter Wassersportler und inzwischen Hobbydetektiv.

Er lehnte sein Fahrrad an eine Straßenlaterne und stellte sich auf der Kaimauer zwischen das Heck des Kutters und den Bug des Hafenpolizeikreuzers in Pose, und es machte den Anschein, als hätte er hier noch irgendetwas zu sagen.

Seine Schuhe ragten ein kleines Stück über die Kaimauer und

sein Blick schien das Wasser nach irgendetwas zu durchsuchen. Noch eine Leiche? Aber nein, als Hobbyangler und Vorsitzender des Anglervereins Husumer Blinker e.V., achtete er immer besonders und seit seiner Pensionierung noch mehr, auf die Qualität des Wassers, etwaige Verschmutzungen und andere Sachen, die einem Menschen wirklich nur auffallen, wenn man zu viel Zeit hat.

Und das hatte Reimer. Seine Frau hatte sich schon vor Jahren von ihm scheiden lassen.

Er hatte sich daraufhin so viele Hobbies gesucht, dass er nicht mehr die Zeit hatte, um sich um eine Partnerinnensuche zu kümmern.

„So kann man ja auch leben", hatte Reimer immer wieder auf die Frage geantwortet, warum er eben keine neue Frau für sich gesucht hatte.

An Angeboten schien es nicht gemangelt zu haben. Man hatte den ehemaligen Polizeichef öfter in Begleitung einer jüngeren Frau gesehen. Attraktiv sollte sie gewesen sein, aber viel zu jung für ihn.

Er war ja nun mal, dachte Johann immer, was man in diesen Breiten als „coole Sau" bezeichnet, und das war er wirklich, echt jetzt.

Johann s Blick wanderte zwischen der Brücke des Polizeischiffs, dem ablaufenden, dunklen Hafenwasser und Reimer Hinrichs hin und her.

„Steh da nicht so rum und komm endlich an Bord Reimer", sagte er etwas genervt.

Hinrichs hob seine Hand an die Stirn, formte mit ihr einen pseudomaretimen Gruß, sagte: „ Ei, ei Käpten" und stieg über eine Leiter an der Kaimauer hinunter auf den Kutter, der durch den Tidenhub schon etwas tiefer im Hafen lag.

Er ging zu Johann und stellte sich neben ihn.

„Du weißt schon was das hier heißt, oder Johann?"

„Ja klar, Doppelkopf fällt aus. Mist, alles Mist", antwortete der Fischer.

„Ja, dass auch", stimmte ihm Reimer zu, „aber viel wichtiger, also aus polizeistatistischer Sicht ist, dass wir hier nach Jahren mal wieder einen Mordfall haben und das Beste ist, dass ich in Rente bin und nichts mehr damit zu tun habe. Ich kann mir das ganz locker von zu Hause aus ansehen und die Show genießen. Kein bisschen Stress eben", grinste Reimer durch seinen ergrauten Vollbart.

„Das mag ja auf dich zutreffen mein Bester, aber wir müssen hier jetzt warten, bis der Oberwachtmeister von der Schaluppe uns gehen lässt und das passt so gar nicht in meinen Zeitplan", ärgerte sich Johann.

„Weißt du, wer das da drüben ist? Also der Kollege von der Polizei?", flüsterte Reimer Johann ins Ohr und lehnte sich zu ihm.

„Woher denn das bitte? Ich kenne keine Beamten außerhalb von der Husumer Verwaltung. Naja, und dich eben noch", kam die frustrierte Antwort.

In diesem Moment kam Jan zu den beiden Männern, verkündete den Feierabend, holte drei Klappstühle, die er nebeneinander auf dem Deck platzierte, griff in den Führerstand und zeigte fast etwas triumphierend drei Flaschen Bier.

„Kommt jetzt", meinte er, „das haben wir uns verdient. Wenn schon kein Doppelkopf im Bugspriet heute Abend, dann jedenfalls ein schönes Bier auf dem Heck".

Er setzte sich auf den mittleren Stuhl, und die beiden anderen Männer nahmen links und rechts von ihm Platz. Dann öffneten die drei Männer ihre Flaschen, stießen an und drei Augenpaare blickten in Richtung Polizeikreutzer, um auf die Dinge zu warten, die da auf jeden Fall noch kommen würden.

Und es kam.

Nach circa einer Stunde stieg ein massig bekörperter Mann vom Polizeischiff.

Er blieb an der Hafenkante stehen und inspizierte den fast menschenleeren Platz, auf dem nur noch vereinzelt Ureinwohner und Touristen herumgingen oder in Straßencafés saßen. Er schüttelte den Kopf, drehte sich in Richtung der drei Männer und kam ihnen langsam näher.

Johann schätzte ihn auf zwei Meter. Dunkle, kurze Haare, stechende, blaue Augen und Hände so groß wie Klodeckel. Für seine stattliche Statur hatte er jedoch einen bemerkenswerten, fast graziösen Gang.

Mit vor der Brust verschränkten Armen blieb er an der Kaimauer stehen und sah auf die drei Männer in ihren Klappstühlen hinab.

„Die drei von der Tankstelle", brummte es in einem ruhigen, bassigem Ton, „ und wer von euch Helden hat unseren Freischwimmer hier gefunden?"

Jan hob zaghaft die Hand, wie ein Schüler, der beim Schummeln erwischt worden war und jetzt seine Strafe erwartete.

„Ich bin Steffen Heller, Hauptkommissar aus Hamburg und eins ist mal sicher, ich wäre gerade lieber überall anders, aber nicht hier", er drehte seinen Kopf ein wenig nach links und schaute über den menschenleeren Platz, „da macht man einmal Urlaub in der alten Heimat und dann muss hier auch noch eine Leiche durch den Hafen schwimmen. Klasse, ganz klasse."

Die drei Männer schauten vom Heck des Kutters weiter zu Herrn Hauptkommissar Heller hinauf und warteten gespannt auf weitere Informationen. Name der Leiche, Geschlecht, Herkunft, Verletzungen und die Todesursache, aber nichts

kam. Der fleischige Fels stand an der Kaimauer und nichts schien ihn erschüttern zu können, dann fuhr er fort, „Es ist ablaufendes Wasser, wenn ich das richtig sehe, oder?"
Die drei Männer nickten.

„Also müsste unser schwimmender Freund im Innenhafen ins Wasser geworfen worden sein, um hier am Schiff vorbeizutreiben, das sehe ich doch richtig, oder?"
Die drei Männer sahen sich ratlos an.

„Die Strömungsverhältnisse, das Wasser läuft aus dem Hafenbecken in die freie See."

Heller unterstrich seine Ausführungen durch beeindruckende Gesten und Handbewegungen, was den Männern verdeutlichen sollte, was der Kommissar meinte, sie aber natürlich schon lange wussten, aber Steffen Heller war geborener Husumer und kannte sich mit Gezeiten, Strömungen und dem ganzen Tüddelkram gut aus.

„Ach ja Kollege, du kannst jetzt die Hand runter nehmen", pflaumte er Jan an.

Hellers Mutter hatte dieses Dorf, wie er es immer nannte, komplett, oder eben fast komplett, durch die Grundschule gebracht.

Er hatte auf diese Weise schon in frühester Kindheit mit Menschen Freundschaft geschlossen, die er zu dem Zeitpunkt noch nicht kannte, von denen aber ausführlich am Mittagstisch, von seiner Mutter erzählt wurde.

Im Kopf des kleinen Jungen waren, selbstverständlich die geblieben, die besonders auffällig und renitent gewesen waren.

Das hatte ihn immer sehr beeindruckt.

Viele von diesen Pflegefällen, hatte er im Laufe seines Lebens dann auch noch in freier Wildbahn kennenlernen dürfen.

„Also", begann Steffen Heller von Neuem, „die

Hochseefischerabteilung von Husum teilt meine Meinung?"
Da offensichtlich sie gemeint waren, nickten die Drei wortlos
und hoben zum Zeichen ihres Einverständnisses ihre
Bierflaschen in Richtung des Kriminalbeamten.
Der seufzte, atmete hörbar angestrengt aus und meinte:
„Nichts aufgefallen, nichts vergessen, eigentlich gar nichts
passiert, oder? Ihr sitzt da wie die Drei Fragezeichen, aber
während man von Justus Jonas, Peter Shaw und Bob Andrews
Antworten bekommt, sehe ich bei Euch nur große, beleuchtete
Pausenzeichen über dem Kopf schweben."
Er machte eine erneut verzweifelt wirkende Handbewegung
und wollte sich gerade zum Gehen wenden, als ein
grauhaariger, ihm bis zu den Oberschenkeln reichender Hund
sich neben ihn setzte, erst den Kommissar und dann die drei
Männer auf dem Kutter ansah.
„Moin Herr Hansen", kam es unisono aus den drei Kehlen und
der Hund quittierte ihren Gruß, in dem er seine Pfote kurz auf
seine Schnauze legte.
Der Kommissar schüttelte den Kopf, dreht sich um und sagte
nur noch ein leises: „Man sieht sich", was von den drei
Freunden auf dem Kutter mit eben diesen Worten beantwortet
wurde.
Jan hielt sich die Bierflasche vor sein linkes Auge und blickte
durch das grüne Glas in die Sonne, dann fragte er: „Was meint
ihr, also, wo er von den Drei Fragezeichen sprach. Glaubt ihr,
dass wir das rauskriegen können, wer das ist und warum er
hier tot durch den Hafen dümpelt? Wäre doch mal eine
Abwechslung, oder?"
Die Männer verabredeten, sich unauffällig in den Fall
einzumischen, hatten aber das überaus gute Gehör von
Hunden und Kriminalbeamten vergessen, denn beide standen
auf einen Schlag wieder nebeneinander an der Kaimauer, und

derweil der Hund ein lautes, jaulendes Klagelied anstimmte, stand Steffen Heller neben ihm und drohte mit dem ausgestreckten Zeigefinger: „Das lasst ihr mal schön bleiben ihr drei Rettungsschwimmer, damit das klar ist."

Ein langgezogenes Ja kam vom Kutter.

Heller nickte, dreht sich um und ging.

Herr Hansen blieb sitzen und sah die drei Männer aus seinen Hundeaugen an und es kam ihnen so vor, als ob er an ihren Aussagen dann doch eher große Zweifel hatte, dann stand auch er auf und ging schnüffelnd die Promenade Richtung Innenstadt herunter.

„Ich geh jetzt auch nach Hause", meinte Johann, trank den letzten Schluck Bier, stellte die Flasche zurück in den Führerstand, verabschiedete sich und kletterte die kurze Leiter an der Kaimauer hinauf.

Reimer und Jan blieben noch einen Augenblick sitzen und sahen der Sonne zu, wie sie langsam hinter den Dächern der Stadt verschwand.

Dann verließen auch sie den Kutter.

Jan ging nach Hause, Reimer wollte noch eine kleine Runde am Hafen entlang spazieren, um vielleicht die ersten Infos über den Toten zu sammeln.

Von wegen raushalten. Das hatte er sich ja noch nie befehlen lassen und wenn doch, es einfach ignoriert.

Er ging langsam an den Schiffen entlang, sah das sinkende Hafenwasser und kam sich fast wie ein Nachtwächter vor, der seine Runden dreht und sich und die Bevölkerung innerhalb der Stadtmauern beruhigt und weiß, dass alles in Ordnung ist. Naja fast alles, aber irgendwas ist ja immer leicht mal aus dem Lot.

Der nächste Morgen kam, für einige Menschen zu früh, für andere zu spät und wieder anderen war es gleichgültig. Der Tag kam ja sowieso wann er wollte und niemand hatte einen Einfluss darauf, warum sollte man sich also beschweren. Über Ebbe und Flut hätte man sich ja auch beschweren können, aber bei wem und ganz ehrlich, warum auch?

Das war auch hier so eine menschliche Eigenschaft, die Johann noch nie kapiert hatte, denn eigentlich konnte man doch nur in jedem Augenblick dankbar sein, auf dieser Welt zu leben und wenn man dann noch auserwählt war, in dieser Stadt hier zu wohnen, dann sollte doch jegliches negative Gefühl gegenüber Montagen oder Tagesstunden überflüssig sein.

Er stand auf seinem kleinen Balkon, schaute in den Schlosspark, atmete tief ein, und der frische Kaffeegeruch vermischte sich mit dem frühlingshaften Duft und dem salzigen Aroma, das immer über Husum liegt.

Ja, das war Leben.

Ein paar Kilometer weiter saßen Jan und seine Frau auf der Terrasse, beide etwas wärmer angezogen, denn für großzügige Sommerkleidung war es dann doch noch zu frisch hier draußen. Sie tranken ihren morgendlichen, gemeinsamen Kaffee, beide hatten eine Tageszeitung vor sich liegen und schüttelten getrennt, aber einer Meinung, ihren Kopf über das, was da in der Welt passierte.

Unglaublich fanden die beiden immer wieder, für welche Lügen die Menschen in Kriege zogen oder sich im Kleinen gegenseitig die Köpfe einschlugen. Für nichts oder eben nur für einen kleinen Vorteil, den sie ihrem Gegenüber nicht gönnten. Jan und Ehmi waren seit über zwanzig Jahren verheiratet, hatten zwei erwachsene Kinder, die schon vor Jahren ausgezogen waren und sie lebten jetzt in einem kleineren Haus in der Nähe vom Strand in Schobüll, einer kleinen Gemeinde kurz vor Husum.

Ruhe und Entspannung, nach Jahren der Erziehung, hatten sie sich verdient. Das fanden beide, und sie genossen hier jeden Tag. Den Duft des Marschlandes, die Nähe zur See und die vielen freilaufenden Tiere, die das Leben hier oft wie in einem Streichelzoo erscheinen ließen. Gerade gestern hatte sich das Pferd eines Nachbarn zu ihnen in den Garten verirrt, hatte sich dort umgeschaut, ein wenig an den Rosen geknabbert und war dann, nicht ohne eine Markierung zu hinterlassen, wieder verschwunden. Es gab viele Pferde hier draußen und gerade erst neulich hatten er und seine Frau darüber nachgedacht, wie es wohl wäre, wenn die Regeln, die für Hundebesitzer gelten, also das mit den Hinterlassenschaften, wenn eben auch genau diese Regeln für Pferdebesitzer gelten würden.

Wie groß müssten denn die Plastiktüten sein und wie der Bußgeldkatalog?

Jans Frau Ehmi, dieser Name bedeutet so viel wie: Die Schwertspitze - und sie war beides. Schwert und Spitze. Sie hatten seit sie verheiratet waren alles geteilt. Die guten und die schlechten Dinge und Zeiten und spitze hatte Jan seine Frau immer gefunden, seit ihrer ersten Verabredung, und sie hatten es beide miteinander ausgehalten.

Gar nicht mal so schlecht und auch das empfanden die beiden gleich.

„Was macht denn Johann heute", gähnte Ehmi ihren Mann an, der gerade dabei war, sich eine Pfeife zu stopfen.

„Du, bei aller Freundschaft zu ihm, aber das weiß ich nicht. Warum fragst Du?"

„Er kommt mir in letzter Zeit so verlassen und einsam vor. Er tut mir dann immer so leid", antwortete sie nachdenklich und schaute in den blauen Himmel über dem Wattenmeer.

„Also", begann Jan langsam, „wenn einer nicht einsam ist, dann Johann. Der hat doch immer irgendwo irgendwas zu basteln und ist immer unterwegs. Wie sagt er immer, wer sich einsam fühlt und heult, kann mit dem Alleinsein nur nicht richtig umgehen. Er spricht da auch nicht so gerne drüber. Wenn es irgendwann soweit sein sollte, wird er schon den Mund aufmachen, ich kenne doch Jan.

Ehmi sah ihren Mann an, zog ihre Stirn hoch, spitzte ihren Mund und nickte langsam.

Jan sah das nur aus dem Augenwinkel, aber über die Befindlichkeiten seines besten Freundes zu reden, da war ihm zurzeit gar nicht danach.

Ging ihn ja auch nichts an, fand er.

Zusammen fischen war ja in Ordnung, aber das mit den Gefühlen?

Das musste man ja auch nicht so übertreiben.

In der Innenstadt von Husum stand Steffen Heller vor einem kleinen Gebäude.

Der Polizeiwache der Stadt Husum in der Poggenburgstraße.

Er wusste nicht genau wieso, aber irgendwie erzeugte dieser Name Poggenburg immer einen leichten Brechreiz in ihm.

Vom Kommissariat in Hamburg in die Bedeutungslosigkeit einer Polizeiwache von Nordfriesland.

Die Stadt, die schon von Theodor Storm als grau bezeichnet worden war, lange bevor es schwarz-weiß Fotos und Filme gab, erinnerte ihn an eine lange Kindheit und Jugend, der er bis heute zu entfliehen suchte. Nicht dass irgendetwas mit seinen Eltern gewesen wäre, nein, es waren diese Stille und die Ruhe, die er nicht ertragen konnte. Diese Gelassenheit der Bewohner, die ihre Stadt, egal bei welchem Wetter und zu welcher Jahreszeit, als schön und einmalig betrachteten. Das graue Wattenmeer, den Nebel und diese fast trostlos wirkende Weite bei Ebbe.

Diese introvertierte Dichterstimmung.

Das schmucklose Gebäude, vor dem er stand, war der beste Beweis dafür, dass er sich damals richtig entschieden hatte, dieses graue Schlammloch zu verlassen. Jetzt, für ein paar Wochen hier zu sein, würde seine Meinung nur bestärken, davon war er überzeugt. Was sollte sich in den letzten Jahren auch geändert haben. Die geographische Lage? Er musste grinsen und stieß die schwere Eingangstür widerwillig auf und betrat das Innere seines neuen Arbeitsplatzes.

Ein bisschen muffig war es hier schon, aber was auch sonst. Der ehemalige Polizeichef Husums Reimer Hinrichs, saß seelenruhig in seinem Stuhl, tippte mit seinen Finger auf der Zigarettenschachtel herum und wartete, dass die Kaffeemaschine endlich ihren Auftrag beenden würde. Allein zu sein, fiel im nicht wirklich leicht, aber zurzeit musste er sich da einfach durchkämpfen. Nach dem Tod seiner Frau war er nie wieder richtig auf die Beine gekommen und egal was er versucht hatte, Museum, Konzerte, Skat spielen oder saufen, nichts hatte eine positive Wirkung auf ihn gehabt. Er begriff bis heute nicht, wie schnell sie gestorben war, wie unaufhaltsam der Prozess des Verfalls gewesen war. Jeden Tag ein wenig mehr, bis sie letzten Endes gar nichts mehr selbstständig erledigen konnte und die Lungen auch ihre Arbeit einstellten. Der langsame Tod seiner Frau war so ruhig und unaufhaltsam wie die Gezeiten von statten gegangen. Nur, dass das Wasser zurückkam, seine Frau aber nicht.

Er seufzte, erhob sich aus dem Stuhl und nahm sich den ersten Kaffee des Tages. Er hatte ihn sich verdient. Reimer prostete dem Bild seiner Frau, dass gegenüber auf dem Tisch stand zu auf dem sie ihn in ihrer Art anlächelte und sagte: „Prost, meine Liebe, wo immer du auch bist." Er schnappte sich seinen Becher Kaffee, ging durch das Wohnzimmer direkt in den Garten und setzte sich auf die Bank unter der alten Birke. Die Erdbeeren dufteten schon die Blumen blühten und es war ein herrlicher Tag, um genau an diesem Platz in der Welt zu sein.

Da gab es keinerlei Zweifel.

Für Kommissar Steffen Heller stellte sich die Situation etwas anders da.

Begeisterung war für ihn ein anderes Gefühl. Der Hafengeburtstag in Hamburg, in der Nacht über die Köhlbrandbrücke zu fahren und die Lichter der Stadt, seiner Stadt zu sehen, einfach das Gefühl zu haben, in Hamburg zu leben, das konnte Begeisterung in ihm hervorrufen, aber das hier?

Husum lag abseits seiner emotionalen Begeisterungsgrenze.

Sein Handy klingelte.

„Heller, LKA Schleswig-Holstein.

„Moin Steffen, hier ist Christian. Wie geht´s Dir in der alten Heimst? Hör mal, die Leiche, die du uns aus Husum geschickt hast, wir wissen jetzt, warum er nicht weit schwimmen konnte. Er hat alle Anzeichen einer Fischvergiftung, außerdem waren seine Lungen mit der guten Nordsee gefüllt, also ist er lebendig ins Wasser geworfen worden. Außer Sand, haben wir nichts unter seinen Fingernägeln gefunden. Der wird jetzt aber noch näher bestimmt, damit man vielleicht eine ungefähre Position bekommt, an dem er in die Freiheit entlassen, also ins Meer geworfen worden ist. Mehr kann ich dir leider noch nicht sagen."

„Ist ja mal ein Anfang, Christian, dann erstmal danke, und ich denke, wir hören uns die Tage."

„Das werden wir, auf jeden Fall. Mach´s gut da in Husum und Grüße an deine Mutter."

Klick und weg.

Spitze, genau, seine Mutter hatte in ein paar Tagen Geburtstag, deswegen war er eigentlich hier und nicht um Mordfälle aufzuklären.

Also zumindest nicht sofort.

Er machte sich eben schon Gedanken um seine Mutter.

Achtzig ist ja mal nun nicht das Alter, in dem man noch unbedingt viele Pläne für die Zukunft schmiedet, dachte Heller und diese Zeit wollte er einfach noch mit seiner Mutter verbringen

Dass das jetzt zusammenfiel, war ein mehr oder minder unglücklicher Umstand. Heller atmete tief ein, hielt die Luft an, wie ein Schwimmer, der vom Startblock in ein kaltes Becken springt und betrat die Polizeistation.

Es roch muffig und ein bisschen feucht, obwohl es frisch renoviert zu sein schien. Ein heller Flur mit großen Fenstern und einem knarrenden Holzfußboden. Er steuerte auf die letzte Tür auf der linken Seite zu, öffnete sie und sah in die freundlichen und zwanglosen Augen seiner Kollegen auf Zeit, die hinter ihren Tischen saßen und scheinbar wirklich mehr zu tun hatten als älteren Damen über die Straße zu helfen oder Strandpiraten hinterher zu jagen.

„Moin, ich bin Steffen Heller aus Hamburg", sagte er in die Runde der erstaunten Gesichter.
Einer der Männer stand auf, kam auf ihn zu und streckte ihm die Hand entgegen.
„Moin, Herr Heller", der junge Kollege in Polizeiuniform streckte ihm die Hand entgegen, „ Jürgensen mein Name, der Chef erwartet sie schon. Einfach mir nach."
So viel Aufmerksamkeit hatte der Kommissar nicht erwartet und ging dem jungen und freundlichen Polizisten hinterher, durch zwei kleine Seitengänge, bis vor eine Glastür.
Der junge Polizist lächelte Steffen Heller an. Die Augen des Beamten erinnerten ihn an seinen Hund und auf einen Schlag bekam er das Gefühl, ein Stöckchen werfen zu müssen und nach Hundeleckerlies in seiner Hosentasche zu suchen, stattdessen bedankte er sich einfach und ließ davon ab, dem hechelnden Kollegen den Kopf zu streicheln. Er trat in das Büro und als wenn es nicht genug gewesen wäre, dass er vor Jahren den Glauben in die Kirche verloren hatte, so schenkte ihm der Polizeiapparat noch eine Kelle ein. Eine Frau saß vor ihm.
Als Chef.
Seine alte Schulfreundin Sabine Bauer.

Johann saß in der Zwischenzeit auf seinem Fahrrad und strampelte, wie immer gegen den Wind Richtung Hafen. Er radelte den Erichsenweg, der am Schlosspark vorbei hinunterführte und in die Schulstraße überging.

Hier bog er in die Asmussenstraße ein, die ihn jeden Tag an seinen Grundschulfreund Thomas Asmussen erinnerte um von dort aus in die Hohle Gasse zu gelangen, die ihn direkt zum Hafen herunter brachte.

Die Sonne schien, der Himmel über ihm war in ein helles Blau getaucht und in einiger Entfernung, sah er, in der Mitte der Straße etwas sitzen.

Er wusste augenblicklich, wer da auf ihn wartete.

Natürlich!

Das war Herr Hansen, der sich angewöhnt hatte, auf dem Zebrastreifen in der Mitte der verkehrsberuhigten Straße Platz zu nehmen und auf ihn zu lauern.

Seit Wochen wartete besagter Hund an genau dieser Stelle auf ihn und es ging, wie bei den meisten Tieren nur um eins.

Ums liebe Futter.

Johann jedoch wollte diese Freundschaft nicht durch eine solche Nebensächlichkeit abwerten, denn vielleicht verband die beiden ja wirklich mehr, oder es würde sich noch etwas entwickeln, von dem er noch nichts wusste, der Hund aber schon instinktiv etwas ahnte.

Er bremste sein Fahrrad, stieg ab und stellte es unabgeschlossen an die Hauswand, ging ein paar Meter zur Eingangstür der Bäckerei, bei der er jeden Morgen Halt machte.

„Moin Johann", kam es hinter dem Tresen hervor, „wie

immer?"

„Genauso. Wie immer", war seine doch eher karge Antwort.

Die Verkäuferin lächelte ihn an und reichte ihm zwei Brötchentüten.

„Einmal Drei in Einer und einmal Eins in Einer".

Johann sah das Lächeln der Frau, dachte an den Hund, James Bond, eine Sturmflut, einen endlosen Strand und ein Kühlhaus.

Ihm wurde kalt, er bezahlte seine Bestellung und kehrte zu seinem Fahrrad zurück, schwang sich darauf, wie John Wayne in seinen besten Zeiten auf ein Pferd und ritt in Richtung Zebrastreifen, an dem der Vierbeiner auf ihn wartete.

Unmittelbar vor Herrn Hansen kam er zum Stehen. Er reichte dem Hund die Papiertüte, in dem sich das eine Brötchen befand, dann setzte er sich wieder auf seinen Sattel und begann langsam in die Pedale zu treten.

Flankiert von Herrn Hansen, der die ganze Zeit neben ihm herlief, ging es runter zum Innenhafen.

Es herrschte schon reger Betrieb, in den Cafés und den Andenkenbudenverkäufern, aber davon nahmen die beiden keine Notiz.

Zielsicher steuerten sie auf eine Bank zu, die direkt an der Kaimauer stand und von der aus man den Hafen im Blick hatte.

Johann lehnte sein Fahrrad von hinten gegen die Bank um sich dann, in aller Ruhe mit seinem Rucksack auf die Bank zu setzen.

Herr Hansen nahm links neben ihm Platz und legte die Brötchentüte zwischen seine Pfoten.

Dann warf er Johann einen flehenden Blick zu.

„Ja, Mensch, Herr Hansen, dann hau rein", sagte Johann leise, streichelte dem Hund über den Kopf und dieser riss in Windeseile die dünne Papiertüte auf, um an das leckere Innere zu gelangen.

„Manche wissen eben auch noch die einfachen Dinge zu schätzen", flüsterte Johann dem Hund zu und holte seine Thermoskanne aus seinem Rucksack.

So saßen sie nebeneinander, genossen ihr Frühstück, die Luft, den Hafen und Husum.

Steffen Heller jedoch erging es anders.

Er stand immer noch fassungslos vor seiner ehemaligen Schulfreundin, die ihn in genau der gleichen Art wie damals, klugscheißerisch aus gesicherter Position, hinter ihrem Schreibtisch ansah.

„Na Steffen, das ist ja mal lange her, dass wir uns gesehen haben. Was verschlägt dich denn wieder in deine ungeliebte Heimat? Also, der Tote heißt Ernst Pingel, zweiundvierzig Jahre alt, verheiratet und wohnhaft hier in Husum. Von Beruf war der gute Mann Pferdezüchter draußen in Schobüll. Hatte da ein Gestüt und war wohl auch relativ erfolgreich. Die Kollegen überprüfen das gerade."

Sabine Bauer schaute immer noch konzentriert auf ihre Notizen, hob dann langsam den Kopf um dann Steffen Heller in seine verblüfften Augen zu schauen.

„Naja", meinte er, „ist ja mal ein Anfang, „hast Du da spontan einen Verdacht, oder fangen wir einfach mal bei null an?"

„Wir beginnen, wie es gute Polizeiarbeit erfordert, bei null. Ich fahre jetzt gleich zur Ehefrau und werde sie informieren. Möchtest du mitkommen? So als Großstadtpolizist hast du mit Sicherheit einen umfassenderen Blick in solchen Angelegenheiten."

Heller fühlte sich fast ein wenig geschmeichelt, auch wenn er wusste, dass der Satz nicht so ganz ernst gemeint war, aber bei einer Frau wie Sabine, musste man nehmen, was man bekommen konnte.

„Jo, bin dabei", war seine schmale und leise Antwort.

„Wir treffen uns draußen, Steffen, ich muss noch eben ein Telefonat führen. Rauch eine, ich bin gleich bei dir".

Noch im Gehen fragte er sich, was er hier machte, wieso er sich hin und herschicken ließ und woher Sabine wusste, dass er wieder rauchte.

Er hatte erst vor ein paar Tagen wieder damit angefangen.

Frauen, und speziell diese hier, waren ihm immer unheimlich gewesen.

Sie hatten irgendwie immer das richtige Gefühl.

Er ging durch die Dienststuben der Polizeistation, direkt nach draußen und schon auf dem Flur wühlte er in seiner Jackentasche nach einer Zigarette und einem Feuerzeug. Noch bevor sich die Ausgangstür hinter ihm schloss, hatte er sie in seinem linken Mundwinkel und einen Augenblick darauf angezündet.

Er inhalierte den Rauch, sah in die Sonne und konnte das Schreien der Möwen hören. Diese fliegenden und alles zukackenden Möwen.

Wenn sich Großstädter über Tauben beschwerten, dachte er immer nur an Möwen. Was waren diese gurrenden und fliegenden Ratten der Lüfte schon im Vergleich zu Möwen. Bei Alfred Hitchcock begann es auch nicht mit einer Taube, sondern mit einer Möwe. Bedurfte es denn wirklich noch mehrerer Beweise?

Eins hatten diese Vögel jedoch gemeinsam. Für Heller waren es eben beides nur fliegende Ratten.

Nicht mehr und nicht weniger.

Er blies den Zigarettenqualm in die Luft und schaute den dünnen Schwaden hinterher.

Dann stand auf einen Schlag Sabine neben ihm, sah ihn lächelnd an und fragte: „Wollen wir dann?"

Seine Antwort war kurz und knapp und beschränkte sich auf ein fast willenloses, „Jo".

Sie stiegen in einen der Dienstwagen. Einen nagelneuen BMW X1 und fuhren wortlos, nebeneinandersitzend aus der Stadt Richtung Schobüll, um der Ehefrau die Todesnachricht zu überbringen.

Sie kamen an grünen Wiesen vorbei, auf denen entweder Kühe, Schafe oder auch Pferde grasten.

Ruhe und eine nicht zu beschreibende Idylle lag über all dem hier.

Am Anwesen der Pingels angekommen, fuhren sie eine lange Kiesauffahrt hinauf. Unter alten großen und knorrigen Linden hindurch und an weiß eingezäunten, kleiner Wiesen vorbei, auf denen Pferde standen und den beiden Beamten doch etwas misstrauisch hinterherschauten.

Sie parkten den SUV, stiegen aus und standen vor einem renovierten, reetgedeckten Haubarg. Einem alten Bauernhaus aus dem späten achtzehnten Jahrhundert. Stallungen und schier endloses Weideland schlossen sich hinter dem Haus an das Anwesen an.

Heller war beeindruckt.

Die Auffahrt war ja schon eine kleine Vorbereitung auf das, was da noch kommen konnte, aber das hier, damit hatte er nicht gerechnet.

Links und rechts kleine Büsche, Blumenbeete in denen viele unterschiedliche bunte Blumen wuchsen und dann ein bescheidener Goldfischteich.

Das Eingangsportal dagegen, hinterließ beim bloßen Hinsehen schon einen nachhaltigen Eindruck.

Eine große, dunkle Eichentür, mit goldenen Beschlägen und aller Arten von geschnitzten Verzierungen.

Der Name Pingel wiederum, war handgemalt auf einem kleinen Porzellanschild auf der rechten Seite der Tür angebracht.

Sabine drückte den Knopf und ein tiefer Glockenton schallte von innen durch die Tür zu den beiden Beamten, die vor Ehrfurcht etwas zusammenzuckten.

Sie sahen sich an, und Steffen Heller zog seine Stirn in Falten. Beide erwarteten einen Auftritt einer Person, der man rein gar nichts anhaben konnte. Einem Machtmenschen, der über allem stand und vor allen Dingen über der Polizei und dem Gesetz.

Dann hörten sie Schritte, die sich von innen der Tür näherten, die wuchtige Klinke wurde nach unten gedrückt und da stand, zur Überraschung beider, eine junge, schlanke Frau mit langen roten Haaren und grünen Augen, die lächelte und sie beide freundlich begrüßte.

Für Heller war die Sache aber noch nicht erledigt, hatte er doch zu oft erlebt, dass der erste Eindruck täuschen konnte und man am Beginn solcher Begegnungen oft zu viel Vertrauen verschenkte, um dann doch ins offene Messer zu laufen.

Während er schon nach dem Messer schielte, das eventuell irgendwo in seiner Nähe mit der Spitze auf ihn zeigte und nur darauf wartete, dass er in es hineinlaufen würde war seine Kollegin schneller wieder auf die verbalen Füße gefallen und fragte, ob die freundliche junge Dame Frau Pingel sei, die leicht mit dem Kopf nickte und es bejahte.

„Können wir einen Moment eintreten, wir haben da ein paar Fragen und keine guten Nachrichten", formulierte Sabine.

„Oh man", dachte Heller, „ein paar Fragen und eine nicht so

gute Nachricht". Erst fragen, dann Todesmeldung? Was für eine verdrehte Rhetorik. Aber gut, er war hier nur eine Art Beisitzer und nicht verantwortlich, noch nicht und von daher sollte es ihm gleichgültig sein, wie die praktische Arbeit hier im Norden vonstattenging.

Sie betraten das Haus und fanden sich in einem kleinen Windfang, einem kleinen wieder von dem zu jeder Seite Türen abgingen. Die Türen links und rechts von ihnen, waren grün gestrichen, die Tür vor ihnen, war eine offenbar Selbstgezimmerte, die von oben bis unten mit unterschiedlichen Butzenscheiben bestückt war.

Sie war breiter und höher als die anderen Türen und man konnte nur erahnen, was dahinter lag.

Frau Pingel öffnete die Tür und sie standen in einem riesigen Raum. Keine Zwischendecke bis in die Dachspitze. Ein riesige weißer Raum. Die Holzbalken, die das statische Gerüst für das Haus lieferten, waren sichtbar und alle schwarz gestrichen. In den weißen Wänden zwischen ihnen hingen Bilder moderner Maler.

Frau Pingel ging voraus und bat die beiden Polizisten in eine dunkelbraune Ledersitzecke, der offene Kamin brannte auf Sparflamme und auf dem Holztisch vor den Sitzgelegenheiten stand eine Tasse mit frischen, heißen und duftenden Kaffee.

Hellers Koffeinsucht wurde schlagartig angeregt und das so augenscheinlich, dass er sofort gefragt wurde, ob er auch einen haben wolle.

Er nickte lächelnd und schaute sich weiter in dem, wenn man es denn so nennen konnte, Zimmer um.

In der hinteren Ecke lag ein Sattel, aber nicht nur einfach hingeworfen, sondern so hingelegt, dass es eben aussah, als hätte man ihn gerade dort hingeworfen. Auf der schmalen

Seite des Wohnbereiches war eine riesige Bücherwand. Sie stand allerdings zu weit weg, um einen Titel lesen zu können. Was ihn persönlich sehr freute war, dass es hier keinen Fernseher gab, aber für ein Fernsehzimmer, hatte dieses Haus genug Quadratmeter.

Dann kam Frau Pingel zurück, stellte dem Heller seinen Kaffee vor die vor Sucht triefenden Augen und setzte sich ihm gegenüber.

„Was kann ich denn für Sie tun", fragte sie mit gelöster und entspannter Stimme.

Sabine lehnte sich ein Stück nach vorne, legte ihre Hände flach aufeinander vor sich auf die hölzerne Tischplatte und begann: „Frau Pingel, wann haben sie zum letzten Mal von ihrem Mann gehört?"

Die Dame des Hauses verdrehte die Augen nach oben, legte ihre linke Hand auf den Mund und starrte ins Leere. Dann sah sie zu Sabine und stotterte:

„Mein Mann ist vor zwei Jahren ausgezogen, seitdem telefonieren wir nur noch. Ab und zu eben. Er hatte andere Interessen, als mich und die Kinder und dann haben wir uns dazu entschlossen, unsere Leben erst einmal getrennt voneinander zu führen. Er ist in unsere kleine Wohnung in St. Peter-Ording gezogen, und ich bin mit den Kindern hiergeblieben. Was ist passiert? Ihm ist doch nichts passiert, oder?"

Steffen Heller erzählte in ruhigem Ton, was im Hafen von Husum gefunden worden war, aber er vermied unangenehme Details wie: Wasserleiche, aufgedunsen, toter Körper in Plastiktüte gestopft und den fehlenden Schuh. Er beschränkte sich auf ein kurze und sachliche Beschreibung.

Doch auch dieser Versuch, eine Witwe vom Tod ihres Mannes

zu unterrichten, schien emotional nicht leichter zu verarbeiten zu sein.

Frau Pingel begann zu weinen wie eine Kegelrobbe auf der Suche nach den Eltern und ihre Tränen hätten das trockengefallene Hafenbecken von Husum leicht gefüllt.

Sie ließ sich zur Seite in die Arme seiner Kollegin fallen, die, von dieser starken, spontanen Gefühlsentladung doch überrascht war.

Sabine nahm die weinende Frau vorsichtig in den Arm und streichelte sie behutsam.

Frau Pingel schien ihren Mann, trotz Trennung wirklich geliebt zu haben.

Nach guten zehn Minuten kam sie an das Ende ihres Tränenflüssigkeittanks und setze sich wieder aufrecht hin.

Ihre Augen waren so feuerrot wie ihre Haare.

„Wissen sie schon, wie es passiert ist?", fragte sie leise.

„Nein", antwortete Heller, „ wir wissen noch gar nichts. Wir wollten erst sie informieren. Es dauerte eben auch, bis wir seine Identität festgestellt hatten, deswegen kommen wir erst heute."

„Er war Allergiker und trug immer ein Kettchen um seinen Hals, auf dem sein Name und diese Telefonnummer stand, außerdem war ein Allergikerausweis in seinem Portemonnaie und beides trug er immer bei sich. Absolut zuverlässig immer."

Die beiden Beamten sahen sich an, denn weder die Kette noch die Geldbörse waren gefunden worden und das ließ auf die Schnelle nur darauf schließen, dass Herr Pingel mit Vorsatz und voller Absicht im Husumer Hafen tot angeschwemmt worden war.

In den verweinten zehn Minuten hatte Steffen Heller seinen Kaffee geleert und hatte sich, doch etwas blümerant, weiter in dem Zimmer umgeschaut.

Er suchte nach Familienfotos. Hatte sie doch von Kindern gesprochen, Großeltern mussten ja auch unter günstigen Umständen noch am Leben sein. Und wenn jemand schon so darauf beharrte, dass die Familie wichtig sei, warum waren dann hier keine Bilder von den ganzen Angehörigen?

„Und sie sind sich absolut sicher, dass es sich um meinen Mann handelt?", fragte Frau Pingel.

Sabine griff in die Innentasche ihrer Jacke und zog ein Foto heraus, legte es verdeckt auf den Tisch und schob es in Richtung der frischgebackenen Witwe, die es sofort umdrehte. Sie streichelte es mit ihrem linken Zeigefinger, und Heller konnte eine Träne sehen, die sich aus ihrem linken Auge auf den Weg über ihre Wange bis hinunter zum Kinn machte, um von dort auf den Tisch zu tropfen.

„Das ist er", weinte sie und strich sich ihre Haare zurück.

Steffen Heller hatte schon befürchtet, dass ein erneuter, expressiver Gefühlsausbruch bevorstand, was er natürlich hätte verstehen, aber selber schwer hätte verkraften können. Emotionen gingen in seiner Branche immer an der Sache vorbei und waren nie zielführend.

Warum sich da nie ein Zeuge, oder ein Befragter dran hielt war im vollends unverständlich, denn mit einem Maß an Sachlichkeit, kam man immer schneller ans Ziel.

„Frau Pingel", begann er leise", hatte ihr Mann irgendwelche Feinde oder Neider? Ist er mit seiner Zucht irgendjemandem auf die Füße getreten?"

Die Witwe schaute ihn verzweifelt an, verneinte das und schob hinterher:

„Er hat doch nur Pferde gezüchtet. Hier hinterm Haus. Dieses Land gehört seiner Familie seit vier Generationen. Da gab es keine Neider, nicht einmal Konkurrenten sind hier zu finden. Wir arbeiten hier zusammen und nicht gegeneinander."

Den beiden Beamten war klar, dass zu diesem Zeitpunkt keine weiteren und brauchbaren Informationen zu erwarten waren.

„Haben sie jemanden, der jetzt für Sie da ist, Frau Pingel?", fragte Sabine.

„Ja, ich rufe meine Schwester an. Sie lebt in Heide und kann innerhalb einer Stunde hier sein, danke".

Die Polizisten standen langsam auf, die Witwe blickte sie aus ihrer zusammengekauerten Position an und bat sie, den Weg zur Tür alleine zu finden.

Das machten sie und schlichen, etwas peinlich berührt von dannen.

Vor der Tür sahen sich beide an und Sabine atmete tief aus.

„Wow, was für eine Hütte. Hast Du die Bilder gesehen?"

Steffen hatte sie zwar gesehen, aber für ihn war moderne Malerei so etwas wie tuschen für Erwachsene.

„Was ist mit den Bildern", fragte er.

„Drei echte Pollocks. Die sind mehr wert, als wir zusammen in mehreren Dienstjahren verdienen", meinte sie.

„Aha", kam es fast gelangweilt von Heller zurück, „wenn man es mag und es sich leisten kann, Sabine, warum denn nicht. Sie machte nicht den Eindruck, als lege sie viel Wert darauf, sich mit ihrem Besitz aus dem Fenster zu lehnen. Sie erschien mir bescheiden. Machte auf mich eher den Eindruck, dass sie lieber die Bilder verschenkt hätte, als ihren Mann endgültig zu verlieren, findest du nicht?"

„Da magst du recht haben, Steffen, lass uns zurückfahren, vielleicht haben wir schon neue Einzelheiten. Ich werde die Kollegen in St. Peter-Ording verständigen und nachfragen, ob es da irgendwelche Hinweise, oder Vermutungen gibt".

Heller nickte und steckte sich eine Zigarette an.

„Nicht im Auto Kollege", war die Mahnung seiner weiblichen Kollegin.

„Schon klar", nuschlte Heller an der Kippe vorbei, „ fahr du mal schon zurück, ich gehe zu Fuß und denk noch mal über alles nach. Wir sehen uns auf dem Revier".

Sabine zuckte mit den Achseln, stieg in den Wagen und fuhr davon.

Heller drehte sich um, schaute auf das Haus, die Felder dahinter und entfernte sich rückwärtsgehend von dem Anwesen. Irgendetwas fehlte.

Irgendetwas war nicht hier.

Aber, er kam nicht drauf.

Noch nicht.

Er griff in die Innentasche seiner Windjacke, zog seinen Kopfhörer aus der Tasche und drückte sich die Stöpsel in die Ohren. Dann tat er etwas, was in diesem Jahrhundert nur noch sehr selten passiert, er presste die ausgeleierte Starttaste seines alten Sonywalkmans mit seiner uralten Lieblignskassette bis zum Anschlag nach unten und einemtypischen Sound erklang The Best of J.J.Cale.

Zum Rhythmus der Musik und der schnarrenden und immer leicht leiernden Gesangsstimme des alten Mannes machte er sich auf den Fußweg zurück nach Husum.

Er bewegte sich gerne an der frischen Luft, und der Weg durfte ihn nicht mehr als eine Stunde kosten.

Das war schon in Ordnung, denn hier im Norden hatte man einfach noch die Zeit für Spaziergänge in einem normalen Tempo.

Dieser Weg öffnete dann auch unweigerlich die Türen zu seinem Privaten Erinnerungskopfkino.

Er sah sich, mit seinen Freunden zu jeder Jahreszeit draußen spielen.

Keine Lust auf Fernsehen, Computer und Internet gab es noch nicht und so erkundeten die Jungs Husum und Umgebung.

Rannten den Deich rauf und runter, trieben die Schafe, als seien sie Schäfer vor sich her und machten jeden erdenklichen Blödsinn, den man hier in der Unendlichkeit des Naturschutzgebietes anstellen konnte.

Bei den Schafen, musste er sofort an sein Elternhaus in Husum denken, denn das Haus, in dem Steffen Heller aufgewachsen war, stand im Treibweg.

Er hatte als Kind die letzten Viehmärkte in Husum erlebt, wenn die Rinder hinter der Neustadt am Tag vorher in die Ställe der Viehhändler kamen und am nächsten Tag auf den Viehmarkt am Wasserturm in der Neustadt getrieben wurden und das ging dann immer direkt über den Treibweg und unmittelbar am Haus der Familie Heller vorbei.

Ein abenteuerlicher Anblick, der ihn an Westernfilme erinnerte, die er manchmal im Fernsehen hatte sehen dürfen.

Er hatte als Kind diese Tiere gesehen und wenn er nicht noch zu klein gewesen wäre, hätte er gerne bei dieser größten Tierauktion in Norddeutschland geholfen.

Es waren schöne Erinnerungen und er konnte sich manchmal selbst nicht erklären, woher seine irrwitzige Abneigung für diesen Ort rührte.

J.J.Cale hauchte The Breeze ins Mikrophon und Heller atmete tief ein.

Das war frische Luft.

Das hier war der Norden und irgendwie seine Heimat.

Zur selben Zeit, auf einer Bank am Hafen, drehte Johann seine

Thermoskanne zu, stopfte sie in seinen Rucksack und verstaute ebenfalls den Rest seines Frühstücks, dann sah er zu Herrn Hansen, der sichtlich zufrieden in der Sonne saß und fragte ihn: „Na Dicker, Lust auf eine Runde am Deich lang?"

Doch Herr Hansen schien die Ruhe und Gelassenheit eines Hundelebens voll auszukosten und blieb bewegungslos sitzen und atmete weiter die tiefe Entspannung ein, die hier, an der Nordsee mit jedem Windhauch verteilt wurde.

Johann jedoch stand auf, warf sich den Rucksack auf den Rücken, schwang sich, wie immer etwas ungelenk auf sein Rad und machte sich auf den Weg, die schönste Seite der Stadt bei Sonne zu betrachten.

Den Deich.

Auf der Deichkrone angekommen, stieg er sofort ab und schob seinen Drahtesel. Links das Wattenmeer in seiner grauen Schlichtheit und unauffälligen Vielfalt und rechts satte, grüne Wiesen, blökende Schafe, die ihr Leben lang damit beschäftigt waren, das Grün abzukauen und einmal im Jahr ihre Wolle zu spenden.

Anspruchslos, friedlich und einfach immer in einer emotionalen Balance. Wunderbare Tiere, die in ihrer Art nirgendwo besser hinpassten als genau hier in den Norden.

Eigentlich waren sie das Sinnbild der Lebenseinstellung der Menschen, die hier lebten, nur dass die Menschen im Gegensatz zu den Schafen reden konnten, aber sonst passte das hervorragend.

Als er da so stand und über seine Heimat schaute, entdeckte er etwas Merkwürdiges.

Da lag, hinter dem Deich auf einem Fußweg, ein großes braunes Tier. Ochse oder Kuh, das konnte man aus dieser Entfernung nicht so genau sagen. Nun, das war hier nicht weiter ungewöhnlich. Das Ungewöhnliche war, das in einem knappen Abstand von dem Tier ein Mensch stand.

Schien ein Mann zu sein, der das Tier entweder hypnotisieren oder irgendwie an ihm vorbeikommen zu wollen schien.

Aus der Entfernung ließ sich das nur schwer beurteilen. Der Mann vor dem Tier bewegte sich nicht. Als ob er angenagelt wäre, stand er da und schien sich aus Angst nicht zu bewegen.

Diese Schlussfolgerung war absolut richtig.

Der stocksteife Mann, der dort stand und um sein Leben fürchtete, war Winfried Wümme, aus Köln, gerade Rentner geworden und auf der Flucht vor sich selbst, seiner Frau und seinen Nachbarn.

Auf dieser Flucht war er diesem erbarmungslosen Tier, das dort vor ihm auf dem Boden lag, in den Weg und fast in den massigen Körper gelaufen.

Der Bulle schaute Winfried mitten in die Augen, als wolle er ihm sagen: „Auf dich hab ich gewartet. Lass uns spielen, mal sehen, wer mehr Freude daran hat".

Doch Winfried konnte sich nicht mehr bewegen. Unfähig einen Schritt zu tun, stand er da. Weder fortlaufen noch weitergehen schien möglich, erinnerte er sich doch sofort an eine Tierdokumentation aus dem Fernsehen, in dem gesagt worden war, dass man Wildtieren, wie zum Beispiel Bären, wenn sie einen entdeckt hatten, niemals in die Augen schauen sollte und ruhig stehen bleiben musste, um die Bestien nicht zu erschrecken und die größten Überlebenschancen zu haben.

Der Bulle jedoch blickte ihn weiter intensiv und durchdringlich an. Winfried konnte es aus dem Blickwinkel die Augen des Tieres beobachten

Als wolle dieses Fleischmonster ihm den Tipp geben, die eigene

Kraft zu sparen und nicht wegzulaufen, da er als urwüchsiges und unbarmherziges Wesen, Winfried sowohl von vorne als auch von hinten überrennen könnte und es darum keinen Sinn machte, ob er jetzt noch versuchen würde wegzulaufen.

Das war also Winfrieds Ende. Getötet von einem Bullen hinterm Deich und niemand da, der seinen fast heldenhaften Überlebenskampf bezeugen können würde.

Der Stier war noch ein paar Schritte auf Winfried zu getrottet, um sich dann in einer Art, die an eine Ohnmacht erinnerte, niederzulegen.

Die ganze Zeit, den Blick starr auf ihn gerichtet. Der Fleischberg versperrte jetzt den ohnehin sehr schmalen Trampelpfad völlig, und so wäre Winfried nur die Flucht nach hinten oder über die Zäune geblieben. Doch um über Hürden zu springen, hatte er kaum das richtige Schuhwerk.

Sandalen eben, die guten aus Kalbsleder.

Er würde sie bei seinem ersten Sprung verlieren und müsste dann auf Socken weiterlaufen und wie sah das denn aus, wenn er in Socken und außer Atem bei den Hinrichsens ankommen und außer Atem schnaufen würde: „Da hat mich ein wilder Bulle verfolgt."

Die Hinrichsens waren das Ehepaar, bei dem sich Winfried für die Dauer seines Besuchs eingemietet hatte.

Zwei waschechte Friesen eben.

Naturverbunden und für seinen Geschmack viel zu redselig.

Knut Hinrichs würde kaum zu seinem Waffenschrank gehen, ihm auf die Schulter klopfen und sagen: „Zeig mir das Tier, wir werden es jagen und erlegen", und Frau Hinrichs würde auch nicht um eine genaue Beschreibung bitten, um sich dann in ihr Atelier zurückzuziehen, um ein wildes Tier zu tuschen und erst recht kein Feuer schüren, damit sie das erlegte Tier grillen konnten.

Nein, Hilfe war nicht in Sicht.

Ihm würde also nichts anderes übrigbleiben, als hier stehen zu bleiben und zu warten, bis der Stier tief und fest eingeschlafen war und dann würde er sich langsam und fast geräuschlos davonschleichen und irgendwo in der Wildnis aufschlagen und dann, morgen früh, einen Weg zurück in das Gästehaus finden, um von dort aus sofort die Rückreise nach Hürth anzutreten.

Er hatte mit allem und wirklich mit allem gerechnet, aber damit eben nicht! Und das war eben nur ein weiterer Beweis dafür, warum er diesen Landstrich hier in Norddeutschland verabscheute und tief in seinem Inneren hatte er sich schon auf Nimmerwiedersehen verabschiedet.

So ja nun nicht.

Und nicht mit ihm!

Jetzt musste er also nur noch warten, bis das Monster eingeschlafen war und das würde er unter Aufbietung seiner letzten Kampfeskräfte noch schaffen.

Aber wie alles an diesem Tag endete auch diese Situation anders als vermutet.

Während der Koloss mit dem tiefbraunen, glänzenden Fell vor ihm auf dem Weg liegen blieb, bereit ihn anzufallen, hörte er etwas entfernt und dann sich nähernde Rufe. Er konnte noch nicht genau verstehen, nach wem gerufen wurde, aber es musste jemand vom Deich aus erkannt haben, in welch misslicher Lage Winfried sich befand und hatte irgendeine Art Rettungstrupp alarmiert.

Jetzt konnte es nicht mehr lange dauern, und der schnaubende Fleischberg vor ihm auf dem Weg würde erlegt werden. Wenn ihn nicht noch vorher die Fliegen, die ihn umkreisten, davontragen würden. Die Stimmen kamen näher und jetzt konnte Winfried auch verstehen, was gerufen wurde.

Eduard – das konnte unmöglich der Name dieses Riesen sein – das war ein Name für einen Menschen. Kühe hießen, ja wie hießen Kühe eigentlich. Kühe hatten keine Namen! Es waren Tiere, Nutztiere und keine Haustiere und dieses ganze Geschwätz von glücklichen Kühen und gesunder Milch, das war doch alles grüne Propaganda - man brauchte mich nur zu erhitzen, abzukochen und die Bakterien zu töten - dann war sie gesund.

Und als Winfried gerade anfangen wollte, einen politischen Kampf gegen alle, die anderer Meinung waren als er - und das waren nicht wenige - in seinem Kopf zu entfachen, da kam, er traute seinen Augen kaum, seine Rettung um eine Biegung herum.

Nein, das konnte nicht seine Rettung sein, denn der Mann, der da in Gummistiefeln und blauer Latzhose um den Busch bog, war nicht bewaffnet und glich eher einem Insassen des örtlichen Altenheimes.

„Eduard", hörte Winfried, „was soll das denn immer?"

Wen rief der Alte da die ganze Zeit? War ihm nicht klar, dass sich Winfried in höchster Gefahr befand?

Ganz im Gegenteil. Das bucklige Männlein winkte Winfried zu, als ob alles in Ordnung wäre, um dann sofort, als er ein Stück näher herankam und das Riesenvieh auf der Erde kauernd

entdeckte, fast freudig auszurief:
„Mensch Eduard, du sollst doch nicht immer alleine spazieren gehen."
Das Männlein ging zu dem Stier, streichelte ihm den Kopf, als sei er ein Hund, oder irgendein anderes Haustier und blickte dann zu Winfried.
„Ist schon prächtig anzuschauen, nicht wahr? Ja, da bleib ich auch immer wieder stehen und staune.
Der Gute ist schon sehr alt und auch fast blind, also Sie kann er schon nicht mehr erkennen", sprach der Mann leicht lachend und offensichtlich belustigt.
Es war also niemandem aufgefallen, in welcher Situation Winfried sich befunden hatte, doch würde er jetzt beginnen von seinen Ängsten zu sprechen und was er sich alles ausgemalt hatte, dann würde er hier ganz schnell zum Gespött der Leute werden und es musste reichen, wenn es zu Hause schon so war.
Der kleine Mann kam jetzt auf Winfried zu, streckte ihm die Hand entgegen und begrüßte ihn mit den Worten: „ Wo sind denn meine Manieren, Karl-Heinz Frensen, mein Name, aber wenn wir uns das nächste Mal sehen, können sie ruhig Kalli zu mir sagen. Das tun hier alle."
Winfried, der wieder einmal nicht wusste, wie ihm in freier Wildbahn geschah, reichte seinem unbekannten Gegenüber die Hand und stammelte ein undeutliches: „Wümme, mein Name ist Winfried Wümme."
„Da haben Sie ja dann mit dem schwersten Bewohner hier Bekanntschaft gemacht, aber er ist auch der friedlichste", fügte Frensen hinzu und kniff ein Auge zu, dann drehte er sich wieder zu seinem Bullen und sprach ihn an: „So mein Lieber, jetzt hast du aber lange genug ahnungslose Menschen

erschreckt, ab nach Hause mit dir."

Er näherte sich dem Stier, streichelte seinen Kopf, ging zum beeindruckenden Hinterteil des Tieres und gab ihm einen Klapps auf das Selbige. Das Tier reagierte mit einem tiefen Schnauben und begann sich langsam auf die Vorderhufe zu stellen. Dabei blieb es dann auch. Der Stier verharrte in dieser Position und schien mit seinem Hinterteil, die Gravitation nicht überwinden zu können.

Frensen stand am Ende des Tieres und versuchte, das träge Fleisch zu heben.

„Ach Edi", stöhnte er, „immer das gleiche mit dir. Na komm, oder willst du hier liegen bleiben und warten, bis dich die Möwen und Fliegen wegtragen?"

Winfried hätte schwören können, dass er in diesem Moment ein leichtes Nicken des Tieres beobachten konnte, aber das war natürlich nur eine Einbildung.

Winfried hatte immer noch nicht den Mut gefasst sich zu bewegen und wäre das Bäuerlein nicht damit beschäftigt gewesen, seinem Zuchtbullen aufzuhelfen, so wäre es ihm zweifelsohne aufgefallen.

Frensen aber, und das bewunderte Winfried zu tiefst, gab nicht auf und zog und hob an dem am Boden festgewachsenen Hinterteil, so sah es jedenfalls aus, bis ihm auf einen Schlag eine Idee durch den Kopf ging. Wie wäre es, wenn er jetzt, langsam, Schritt für Schritt und rückwärts, das Weite suchen würde? Er könnte der Situation entkommen und müsste niemandem von diesem Vorfall erzählen, und es würde ja auch keine Zeugen geben. Der kleine Mann hätte es mit Sicherheit bis zur nächsten Flut vergessen.

„Herr Wümme", hörte Winfried, „wären sie wohl so freundlich und könnten kurz mal mit anpacken?"

Wie bitte? Hatte er das gerade richtig gehört? Sollte er dem Tier, das ihn mehr erschreckt hatte als seine eigene Pensionierung, jetzt wirklich auch noch aufhelfen?

Der Bauer hatte in der Zwischenzeit, weiß Gott woher, ein Kantholz gefunden und so unter Eduard gesteckt, dass der jetzt ein bisschen mit seinem Hintern hochgekommen war.

„Herr Wümme, ich schieb das Kantholz jetzt zur anderen Seite durch, ich steh hier, Sie auf der anderen Seite und dann heben wir den Alten mal ein bisschen. Würden sie mir da kurz helfen?"

Winfried konnte schlecht nein sagen und obwohl er es eigentlich wollte, gingen seine Füße in Richtung des freien Platzes am Kantholz. Als er an dem Kopf des Tieres vorbeiging, legte dieser seinen riesigen Schädel leicht nach links und schaute ihn mit seinen braunen Augen an, als wolle er sich dafür entschuldigen, dass er Winfried so einen Schrecken eingejagt und ihn hier festgehalten hatte.

Trotzdem machte Winfried einen respektvollen Bogen, man konnte ja nicht wissen, ob das Tier wirklich so friedlich war wie behauptet, und dann bückte er sich nach dem Ende des Kantholzes.

„So Herr Wümme, ich zähl dann bis drei und dann ganz vorsichtig nach oben ziehen. Er kann das zwar alleine, aber Hilfe braucht er immer wieder. Heben müssen wir nicht. Alles palletti?"

Dann kam noch ein kurzer Satz für Eduard und dass es jetzt nach oben ginge, dann eins, zwei, drei und die beiden Männer hoben langsam und gleichmäßig an. Der Stier reagierte und stellte sich wie von selbst auf seine Beine.

Kalli ging in aller Seelenruhe, als sei nichts passiert und niemand wäre durch seinen Stier auch nur annähernd in Bedrängnis gerate um das riesige Tier herum. Wie ein Mann, der seinen teuren Wagen, nein, das passte nicht, wie ein Pilot vor dem Abflug, inspizierte er scheinbar jeden Millimeter seines zukünftigen Schlachtviehs, streichelte ihm übers Fell und flüsterte ihm irgendetwas über Winfried ins Ohr, denn ruckartig dreht der seine Schnauze in Richtung zu ihm, sah ihn an und begann nun, seinen massigen Kopf in seine Richtung zu schieben, was natürlich folgte, war der Rest dieses riesenhaften Tieres.

„Er möchte sich bei ihnen entschuldigen, dass er sie erschreckt hat", kam es von der anderen Seite. Ja, er hatte Winfried erschreckt und er tat sein Bestes, es wieder zu tun.

Was hätte Winfried aber machen können?

Weglaufen?

Um Hilfe rufen?

Also nahm er den Rest seines Mutes, den er noch bei sich hatte zusammen und versuchte, ruhig stehen zu bleiben und sich nichts anmerken zu lassen, obwohl Winfried, der einen Großteil seines Wissens über die Außenwelt, übers Fernsehen bezog, eben da gehört hatte, dass genau solche Tiere ihre Beute auf Kilometerentfernung wittern konnten. Deswegen hielt er seinen Atem an, das war jetzt seine einzige Chance.

Ohne ihn aber auch nur mit einem Härchen seines Schnauzbartes oder seines Fells zu berühren, glitt dieser riesige Stier fast lautlos an ihm vorbei, wie ein U-Boot unter Wasser, das einer Untiefe auswich. Geschmeidig und sicher bewegt sich das Tier an ihm vorbei.

Winfried dachte, dass Menschen sich von dieser

rücksichtsvollen und umsichtigen Kraft eine Menge abschauen und lernen könnten, aber es waren ja nur Nutztiere. Der Effekt würde im Nichts verpuffen.

Johann, der die Szene schon lange verlassen hatte, strampelte weiter über die Deichkrone Richtung Freiheit, die hier nach jeder Kurve, jedem Tritt in die Pedale neu zu finden war, und er überlegte, wo es auf dieser Welt, wenn es denn ging, schöner sein konnte.

Heller erreichte die Husumer Polizeistation und schob sich zielgerichtet in Richtung Sabines Büro, die schon entspannt hinter ihrem Schreibtisch saß und ihn scheinbar erwartete.

„Na mein Bester? Irgendeine Änderung in der Sachlage? Gab´s eine Erleuchtung, oder traust du Frauen immer noch nicht zu, vernünftig Auto zu fahren?", lachte sie über ihre Teetasse hinweg.

Heller verzog sein Gesicht und blies seine Atemluft entspannt durch seine Lippen, was ein furzähnliches Geräusch erzeugte.

„Naja, das kannst du so ja auch nicht sagen, oder siehst du mich so?"

Sabine lachte und sah ihm weiter tief in seine Augen.

Er setzte sich auf einen Stuhl vor dem Schreibtisch, schlug die Beine entspannt übereinander und kreuzte die Arme vor seiner Brust.

„Was meinst du", begann er, „geht´s da um Geld bei den Pferden? Eifersucht? Hast du denn schon ein Gefühl, in welche Richtung das hier laufen wird?"

„Ne, gar nicht. Die Frau erschien mir geschockt und machte auf mich den Eindruck, als würde sie die Wahrheit sagen."

Sie wühlte in einem Stapel Papier der vor ihr lag, zog ein Blatt heraus und zeigte es Steffen Heller.

„Schau hier mal drauf", forderte sie ihn auf", „das sind die Umsätze und", sie griff erneut in den Stapel und reichte ihm ein scheinbar offizielles Dokument, das von einem Notar unterzeichnet war, „das hier ist der Ehevertrag. Die gute Frau bekommt eine monatliche Rente, sie erhält nicht den gesamten Reichtum der Pferdezucht. Das ist weitaus geringer. Da fällt das Motiv Geld für mich schon mal weg." Heller warf einen kurzen Blick auf die ihm gereichten Blätter. Beide Ehrpartner hatten den Vertrag unterschrieben. Geldgeilheit schien also als Motiv auszuscheiden.

„Die Papiere werden gerade von unserer Rechtsabteilung überprüft. Sollte da irgendein Haken sein, werden sie ihn finden", murmelte Sabine gedankenverloren.

Heller musste lachen.

Rechtsabteilung.

In diesem Revier, in dieser kleinen Stadt.

„Eure Rechtsabteilung", wiederholte er leise, und sein Sarkasmus war in diesen kurzen zwei Worten nicht zu überhören.

Sabine hob langsam den Kopf, nickte kurz und sagte:

„Ja, unsere Rechtsabteilung. Habt ihr in Hamburg doch bestimmt auch - oder etwa nicht? Hier ist es eben nur ein Anwalt und seine Angestellte und ich glaube, du kennst ihn auch. Es ist Karl-Heinz Gulla.

Natürlich kannte Steffen Heller Karl-Heinz Gulla. Zwei Meter groß, schon in der zehnten Klasse, immer braungebrannt und war als Schwarzenegger-Fan schon als Fünftklässler in ein Bodybuildingstudio gelaufen, um seinem Vorbild nachzueifern. Hatte sich dann aber später doch dafür entschieden, die Schule zu Ende zu machen und nicht nach Hollywood zu gehen, sondern, wie es aussah, in Husum zu bleiben.

„Kalli hat Jura studiert?", fragte er Sabin ungläubig.

„In Kiel und ist nach dem Studium direkt zurückgekommen, hat hier eine Kanzlei eröffnet und ist jetzt unser Ansprechpartner, wenn es um rechtliche Fragen geht. Seine Kanzlei ist hier um die Ecke. Also, falls du ihn mal besuchen willst."

„Ich denke Kalli kommt auch ganz gut ohne mich zurecht", antwortete Heller und fuhr fort, „gibt´s sonst noch was zu tun heute?"

„Nö, Steffen, alles gut, mach mal Feierabend, du musst ja bestimmt auch noch auspacken, so wie ich Dich kenne. Geh mal ruhig nach Hause."

„Jo", gab er auf das Auspacken als Antwort, drehte sich um, wünschte seiner Kollegin später einen schönen Feierabend und verließ ihr Büro.

Vor dem Polizeigebäude zündete er sich umgehend eine Zigarette an, atmete den Rauch tief ein und ging in Richtung seines neuen Zuhauses.

Durch diesen „kurzfristigen" Job in Husum und den unvorhergesehenen Umzug hierher, war ihm nichts anderes übriggeblieben, als wieder bei seiner Mutter einzuziehen. Das große Haus im Treibweg, in dem sie lebte, hatte zwar noch mehrere kleinere Einliegerwohnungen, die zurzeit jedoch alle vermietet waren, und so blieb ihm, mit mittlerweile 49 Jahren nichts anderes übrig, als in das Zimmer einzuziehen, in dem er seine Kindheit und Jugend verlebt, Kindergeburtstage gefeiert und auch seine Volljährigkeit begangen hatte.

Einfach gesagt, die Kammer seines persönlichen Schreckens.

Und auch wenn viel Zeit vergangen und unendliche Male das Wasser im Husumer Hafenbecken durch Ebbe und Flut ausgetauscht worden war, so bekam er doch das gleiche

Gefühl wie in seiner Jugend.

Pickel waren nicht so schlimm, wie die Enge dieser Stadt. Auf dem Weg nach Hause, machte er noch kurz Halt, um im Supermarkt für sich und seine Mutter einzukaufen. Für sich, nahm er noch ein Sixpack Bier mit und ein Packung Zigaretten.

Für seine Mutter eine Packung Merci.

Er war ja ein so erschreckend einfallsreicher und überraschender Sohn.

Heller war so glücklich wieder hier zu sein.

Als er später, die Türklinke zu seinem Zimmer leise runter drückte, kam es ihm so vor, als sei er wieder Kind und nie fort gewesen.

Zu spät nach Hause gekommen, eine schlechte Zensur, oder eben irgendetwas, was man seinen Eltern nicht ohne gute Vorbereitung einfach so hätte erzählen können.

Aber außer, dass er eben nicht verheiratet war, nicht mehr, war bis jetzt alles recht passabel in seinem Leben gelaufen.

Abi, Studium, Hochzeit, zwei Kinder und dann noch Beamter.

Also mehr kann man von seinem Sohn ja wirklich nicht verlangen, dachte er bei sich.

Er schloss die Tür zum Haus auf, öffnete die Tür und betrat den Flur. Durch das kleine Oberlicht fielen ein paar Sonnenstrahlen in den Windfang. Die Schuhe standen, akkurat aufgereiht nebeneinander, die Mäntel und Jacken seiner Mutter auf Bügeln; alle faltenfrei. Dieses Bild, hatte sich seit seiner Kindheit, wenn er aus der Schule kam nicht geändert. Nichts hatte sich hier geändert, außer, dass scheinbar irgendwann neu gestrichen worden war. Alles weiß und die Holzbalken, die aus dem Mauerwerk traten, schwarz.

Zu den Familienfotos, waren einige dazugekommen, aber das Theodor Stormfoto hing immer noch an der gleichen Stelle.

Dieser alte, weißbärtige Mann blickte streng und ungläubig in den Flur und in die Augen von Steffen Heller. Diesen Blick hatte er schon als Kind gefürchtet, wenn er mit einer schlechten Schulnote nach Hause kam. Auch wenn er von seiner alleinerziehenden Mutter nie etwas zu befürchten hatte, nicht einmal ein böses Wort, so hatte er immer das Gefühl gehabt, sich vor diesem Dichterfürsten aus dem Norden rechtfertigen zu müssen.

Als guter Sohn, der ja nun mal war, zog er sich seine Schuhe aus und stellte sie ebenfalls ordentlich in die Reihe um sich sofort die gefütterten Hausschuhe überzuziehen.

Er grüßte den Dichter mit einem leisen: „Hallo Theo", ging an ihm vorbei und direkt in sein Zimmer.

Seine Mutter war um diese Zeit nicht Zuhause, sie war auf einem ihrer etlichen Termine und so konnte er, ohne Unterbrechung direkt in sein Kinderzimmer gehen.

Die Sonne schien durch die großzügigen Fenster, die natürlich frisch geputzt waren, sein Schreibtisch, der am Fenster stand war aufgeräumt, das Bett gemacht und von den Wänden grüßten Suzi Quatro, Chris Norman und Joan Jett. Der unvollendete Starschnitt aus der Bravo von Cliff Richard hing auch noch traurig an der Wand.

„Herzlich Willkommen in meiner Welt", stöhnte er vor sich hin und ließ sich auf sein Bett fallen.

Es fehlten eigentlich nur noch die Fotos aus Schulzeiten, die Cassetten und Langspielplatten, sein Cowboyhut aus Bad Segeberg und die Sammlung von Perry Rhodanheften.

Die mussten hier doch irgendwo sein.

Behände schwang er sich aus seiner bequemen Stellung und begann die Schubladen zu durchsuchen, dann stockte er, hielt inne und blieb frustriert auf dem hölzernen Fußboden sitzen.

Was sollte das alles hier?

Urlaub in der Heimat?

Nun, nicht ganz freiwillig, um es freundlich auszudrücken. Er war versetzt worden, beziehungsweise wollte er sich versetzen lassen.

Nach einem Disziplinarverfahren, standen ihm die Möglichkeiten Entlassung oder Versetzung zur Verfügung und da er einfach noch nach Dienstjahren gerechnet, zu jung für eine Entlassung war, hatte er sich für die Versetzung entschieden.

Die musste aber jetzt verdammt schnell eingeleitet werden, denn er war 49 Jahre alt und mit 50 sanken die Chancen gen Null, als Beamter in ein anderes Bundesland versetzt zu werden.

„Druck, immer dieser Druck", beweint Heller sich lachend selbst.

Es war ja auch irgendwie schön, dieses Dorf mit dem temporären Wasserspiegel mal wieder zu sehen. Hier jedoch zu leben und noch älter zu werden, als er ohnehin schon war, diese Möglichkeit hatte er immer weit von sich gewiesen.

Er sah sich um.

Chris Norman lächelte, leicht vergilbt auf ihn herunter.

Suzi Quatro, lasziv und faltenfrei in ihren Lederklamotten.

Er hatte, aus nostalgischen Gründen, vor ein paar Monaten in Hamburg ein Konzert von ihr gesehen und konnte sich ein: „Der passt dir aber auch nicht mehr", nicht verkneifen.

Er sah in Richtung seines alten Bücherregal.

Die Abenteuer des Kapitän Hornblower von C.S.Forrester, Moby Dick von Melville, Meuterei auf der Bounty, Die Geschichte der Seefahrt und natürlich, wie konnte es anders sein, Fünf Freunde von Enid Blyton.

Scheinbar hatten Julian, Dick, Anne, Goerge und Timmy einen größeren Einfluss auf seine spätere Berufswahl gehabt, als die Entwicklung vom Einbaum bis zum Riesenfrachter.

Kein Wunder, denn auch wenn Heller an der Küste aufgewachsen war, breitete sich in seinem Magenbereich ein mulmiges Gefühl aus, sobald er ein Schiff betrat. Weitere Touren auf dem offenen Meer, waren für ihn indiskutabel und blieben nicht ohne Folgen.

Er hatte auf einem Schulausflug zu den Halligen, die gesamte Überfahrt in der Porzellanabteilung verbracht. Eine Schmach, die ihm bis heute nachhing.

Schlagartig hatte er das Bedürfnis rauszugehen und sich in Husum umzuschauen, was sich alles verändert hatte.

Den Hafen hatte er schon gesehen.

Er war schöner als zu seiner Kindheit, das musste er neidlos anerkennen. Ihn interessierte die Innenstadt, die Geschäfte.

War Husum auch dem krampfhaften Versuch verfallen, durch Boutiquen und teure Geschäfte diese falsche und unsägliche Art von Großstadt zu suggerieren?

Er machte sich auf und lief durch die Brüggemannstraße Richtung Zentrum.

Auf seinem Weg fielen ihm die vielen kleinen neuen Geschäfte auf, ohne überhöhte Preise. Kleine Handwerksbetriebe und Restaurants, die gutbürgerliche Küche zu bezahlbaren Preisen anboten.

Ohne sie gesucht zu haben, fand er sich vor der Eingangstür, seiner früheren Stammkneipe wieder, dem Bugspriet und diesem Namen auch optisch Nachdruck zu verleihen, ragte über der Tür eine dieser hölzernen Segelstangen heraus unter der eine dieser typischen, barbusigen Damen angenagelt war, die nicht in ihrer ausgetreckten Hand hielt, als ein schönen Glas mit Bier.

Auch sie war in die Jahre gekommen. Hatte wohl schon etliche Verschönerungsoperationen hinter sich und auch das mit dem Bierglas war neu, aber passte.

Heller musste schmunzeln.

Von außen schnieke, frisch gestrichen, eine, in schwungvoller Handschrift beschriebene Kreidetafel, die darauf hinwies, dass dieses Etablissement eines der ältesten Häuser am Platz war, in der auch Theodor Storm mit Sicherheit seinen Grog getrunken hätte.

Die Tür war wie früher, nur eben neuer und frisch bemalt.

Er drückte die Klinke nach unten und schob die Tür nach innen auf.

Jetzt stand er wirklich in seiner Jugend.

Eine verqualmte Spelunke, mit Schiffsmodellen auf den Fensterbänken, Bildern vom tosenden Meer und natürlich, auch er durfte hier nicht fehlen, Theodor Storm in Großformat, als Büste und ab und zu auch als Hutständer.

Steffen musterte die Anwesenden und erkannte auf Anhieb drei der Besucher, von denen schon vor Jahren behauptet worden war, dass diese Kneipe um sie herum gebaut worden wäre.

Sie saßen immer am gleichen Platz und schienen diesen Ort des dampfenden Alkohols nie zu verlassen.

„Moin, Herr Kommissar", kam es vom Tresen und Heller drehte ruckartig seinen Kopf.

Klaus Hermsen, der Besitzer, oder wie er auch genannt wurde – Kneipenklaus, stand mit verschränkten Armen hinter der Bar, lachte ihn an und wie immer trug er ein blaukariertes Handtuch auf seiner linken Schulter.

Steffen Heller ging in die Richtung das Wirtes, streckte seine

Hand über den Tresen, und die beiden Männer begrüßten sich. „Bist du zu Besuch hier oder übernimmst du die Polizeistation?", fragte Hermsen.

„Weder noch Klaus, ich will mich hierher versetzen lassen und arbeite jetzt erstmal hier mit Sabine zusammen."

„Ihr zwei? Wieder zusammen? Wie schön. Hat ja auch lange genug gedauert", grinste Hermsen mit einem Augenzwinkern.

„Ne, so auch nicht. Ich bin ja auch noch verheiratet, von daher würde das ja auch nicht gehen", nuschelte Heller undeutlich.

„Macht ja nichts. Schön, dass du hier bist. Setz Dich. Willst du ein Bier?"

Heller zögerte etwas mit der Antwort. Immerhin wohnte er bei seiner Mutter und konnte unmöglich mit einer Bierfahne, geschweige denn angetrunken nach Hause kommen, warf dann aber seine Bedenken über Bord, nahm am Tresen Platz und bestellte ein Bier, das ihm ohne langes Zögern gezapft wurde.

„Der Steffen ist wieder da", lachte Kneipenklaus noch ein paar Mal und Steffen Heller umwehte nicht nur der Qualm der Zigaretten, sondern auch ein leises und gutes Gefühl. Er fühlte sich wohl.

Während er am Tresen saß und die Sonne langsam unterging, nahm am Innenhafen von Husum, mit Blick auf die Weite, ein Hund auf der Kaimauer Platz.

Herr Hansen, grau und beschnauzbärtet, saß da, beobachtet, wie die Möwen in die untergehende Sonne flogen, sich der Himmel langsam rot färbte und die ganze Stadt in ein warmes Licht tauchte.

Wo auf dieser Welt, konnte ein Hund besser leben als hier?

Es wurde langsam dunkler und leiser in der grauen, bunten

Stadt am Meer, in der jeder, egal was er tat, dachte oder trank, ein schönes Zuhause hatte.

Als Steffen Heller am nächsten Morgen das Büro betrat, strahlte ihn Sabine in einer für ihn sehr befremdlichen und durchdringenden Art an.

Zum Glück trug er seine Sonnenbrille.

„Na Steffen, gut geschlafen?" fragte sie freudig erregt.

„Jo, das ging wohl und selbst?" grummelte er zurück.

„Alles gut, mein Bester", sinnierte sie über einen frischen Stapel Papiere gebeugt.

„Ich habe hier gerade was gefunden, was uns vielleicht weiterbringt. Der Pingel hatte nicht nur Pferde und Landbesitz, der hat auch Geld verliehen und das in rauen Mengen. Nicht mal eben, um ein Auto zu kaufen, sondern eher eine kleine Fabrik. Wir müssen uns mit seinem Steuerberater treffen und auf eine Erklärung hoffen. Ich warte noch auf einen Gerichtsbeschluss, damit wir für jeden Fall ein Druckmittel haben."

„Geldverleiher mochte ich noch nie", gab Steffen zurück und in diesem Moment, kam unerwartet der Geschmack seines letzten Bieres vom Abend zuvor hoch. Er schluckte und verzog sein Gesicht.

„Soll ich denn nachher mal nach St. Peter fahren? Zu Pingels Partner?" fragte Heller?.

„Das mach mal und fühl dem ein bisschen auf den Zahn. Vielleicht verplappert er sich, oder bringt unbewusst ein neues Detail ins Spiel."

Sabine unterbrach ihren Satz, schrieb etwas auf einen kleinen

Zettel und reichte ihn Steffen Heller mit den Worten: „Das hier ist die Adresse. Brauchst du einen Wagen, oder hast du einen hier?"

Sie blinzelte ihn an und erkannte an Steffens Miene, dass er einen Dienstwagen brauchte.

Sie kramte in der Schublade, zog einen Schlüssel hervor und reichte ihn über den Stapel Papier und den Schreibtisch in Richtung Heller. Der griff zu.

„Steht hinten auf dem Hof. Ein Fiat", flüsterte sie, als sei es ein Geheimnis oder ihr unangenehm, einen Fiat als Dienstwagen anbieten zu müssen.

Heller entschied sich für das unangenehm, als er den Hof betrat und den Fiat sah, der dort auf ihn wartete. Ein weißer Fiat 126p. Die Miniausgabe eines Kleinwagens. Er stand da und war ganz offensichtlich nicht nur schon im Katalog vor sich hingerostet, sondern auch die letzten Jahrzehnte auf dem Hinterhof der Polizei.

„Spitze", stöhnte Heller vor sich hin und steckte sich zur Beruhigung eine Zigarette an. Wenn das jetzt sein Dienstwagen war, dann war es auch ein Raucherauto. Ganz klar und ohne Frage. Er steckte den Schlüssel in das Schloss und die Tür öffnete sich knarrend und etwas zögerlich. Ein Abbild der Norddeutschen, wie er fand und musste grinsen.

Mit einem: „Ja, so seit ihr", schwang er sich in die automobile Enge, stellte den Fahrersitz und den Rückspiegel ein und traute sich nicht, den Schlüssel im Zündschloss zu drehen.

Statt eines Automotors, hörte er so etwas ähnliches wie ein Rasenmähergeräusch und nicht, wie er erwartet hatte aus dem Kofferraum, sondern aus der Motorhaube. Das Leben ändert eben oft die Richtung und man muss auf alles vorbereitet sein.

So knatterte er mit der kleinen Rostkarre durch die Innenstadt von Husum, versuchte möglichst unauffällig durch die Straßen zu fahren, um dann am Ortsausgang Richtung St. Peter Ording in aller Ruhe und innerhalb der Geschwindigkeitsbegrenzung Gas zu geben.

Er hätte am liebsten zwei Löcher in den Unterboden des Fahrzeugs getreten und wäre zur Hilfe mitgelaufen, aber er wusste aus Erfahrung, dass, wenn es einen Platz gab, an dem der Sekundenzeiger erfunden worden war, Nordfriesland nicht in die engere Wahl kommen würde.
Um es mal höflich auszudrücken.

Irgendwo in Husum, hinterm Deich, saß Winfried Wümme und wunderte sich über die Menschen, die hier lebten. In seiner Erinnerung waren sie schweigsam und Husum eine graue, verlassene Stadt gewesen. Jetzt aber schien es, dass dieser kleine Ort an einer Art Tropf gelegen hatte und das Leben zurückgekehrt war.
Menschenmassen, die sich über den Deich schoben. Es schien, als habe der Rest der Welt, ein kleines Dorf zum Mittelpunkt der Erholungskultur erkoren.
Wo einst graue Dächer und Türen waren, erschien alles in bunten Farben. Die Sonne schien, die Menschen redeten und lachten miteinander, doch das, was er in seiner kindlichen Erinnerung bewahrt hatte und was diese Stadt am Meer immer für ihn ausgemacht hatte war, dass das Hafenbecken leer war. Trocken lag.
Möwen spazierten in Gruppen durch den Matsch und suchten wahrscheinlich nach Fischen, die nicht mitbekommen hatten, dass es mal wieder Zeit für ablaufendes Wasser und Ebbe war.
Hier war eben alles ein wenig gemütlicher.
Er stand nicht zu nah am Hafenbeckenrand, aber dennoch nah

genug, um in diese graue Tiefe zu schauen.

Nach Tagen des Versteckens bei den Hinrichs, hatte er sich getraut, seine Tante anzurufen und sie auf einen Kaffee einzuladen.

Er war zu früh.

Und so schweiften seine Blicke von einem Rand des Hafenbeckens zum anderen und wieder zurück.

Niemand hier, den er kannte oder der ihn kennen würde.

Eine ungeahnte Freiheit erschloss sich da vor ihm und er hätte sie auch greifen können, wenn er eben nicht viel zu viel Kölner gewesen wäre und die sind ja bekannterweise besonders zurückhaltend.

Winfried hatte Durst und ging in das erste Straßenkaffee, das er ausmachen konnte.

Die Tische standen fast bis zur Kaimauer und deshalb entschloss er sich einen Tisch zu suchen, der den nötigen und respektvollen Abstand zu dieser temporären Matschgrube hatte.

Eine junge Kellnerin kam relativ schnell an seinen Tisch und begrüßte ihn freundlich in dem hier gesprochenen Dialekt-Hochdeutsch.

Das Erstaunen Winfrieds musste ihm anzusehen sein, denn die gastronomische Fachkraft lächelte ihn an und sagte: "Hallo, was darf ich ihnen bringen?"

Kein moin, kein Gestolpere über irgendwelche spitzen Steine, nein, ein astreines Hochdeutsch, ohne Dialekt, von dem selbst Winfried nur träumen konnte. Hatte er doch im Laufe der Jahre das rheinländische Singsang in seine Sprachgewohnheiten übernommen und es immer wieder versucht abzustellen.

Die junge Frau stand ruhig neben ihm schaute ihn an, wartete und ließ sich nicht aus der Ruhe bringen.

Winfried, von so viel Selbstsicherheit, wieder einmal in die

Ecke des Rings gedrängt, hob vorsichtig den Kopf, wagte einen kurzen Blick in das junge und freundlich Gesicht und sagte: „Ein Kölsch bitte."

Er hörte sich seine Bestellung selbst sagen und es war ihm jetzt schon unangenehm, denn damit musste er sich wahrscheinlich auf eine längere Unterhaltung einlassen. Er befand sich in Norddeutschland, Husum, einer total kölschbefreiten Zone. Doch alles, was er erwartet hatte, kam gänzlich anders. In einem ruhigen Ton, der ihn scheinbar beruhigen oder aber zumindest nicht aufregen sollte, sagte die junge Frau: „Ein Kölsch, das hab ich ja schon ewig nicht mehr gehört, wissen sie, ich bin Kölnerin, also ich bin dort geboren. Wie schön jemanden aus der Heimat zu treffen, aber mit diesem Bier kann ich ihnen leider nicht dienen. Wie wär´s mit einem Pils, oder bei dem Wetter vielleicht lieber ein Radler?" Na toll, jetzt musste er sich auch noch entscheiden. Am liebsten wäre er aufgestanden und einfach gegangen, irgendwo in diesem Dorf musste es doch ein vernünftiges Bier geben. Während dieser inneren Grabenkämpfe, die er mit sich ausfocht, kam wieder die beruhigende Stimme der jungen ExKölnerin: „Ich mochte das Bier auch nicht als ich hierherzog, aber irgendwann habe ich es angefangen zu trinken und nun kann ich mir gar nichts anderes mehr vorstellen. Es ist herb, aber lecker und wenn sie ein Kölschtrinker sind, empfehle ich ihnen ein Radler, bei diesem Wetter ist es sowieso das erfrischendste Getränk."

Ahnungslos stimmte er zu, was konnte schon Großartiges passieren, Tiere schienen hier nicht frei herumzulaufen und das Bier, konnte auch nicht anders schmecken als das Kölsch zu

Hause.

Das hier heimische, verdünnte Bier, wurde ihm kurz nach seiner Anforderung gebracht, er nahm es vorsichtig in die Hand und betrachtete es, wie jemand, der so etwas noch nie gesehen hatte. Erhielt es gegen die Sonne und die Strahlen durchbrachen die helle Flüssigkeit und stachen ihm ins Auge. Er drehte sich weg und nahm einen vorsichtigen ersten Schluck und zu seinem großen Erstaunen und unerwarteten Überraschung; es schmeckte ihm und erfrischte wirklich. Wäre Winfried nicht Winfried gewesen, er hätte gelächelt, so aber konnte ihm diese Erfahrung nur ein leichtes Kopfnicken entlocken. Das musste für den Moment aber auch wirklich reichen. Alles andere wäre wirklich übertrieben gewesen. Er ließ vorsichtig und unauffällig seinen Blick über den Hafen und die Hafenspitze gleiten.

Winfried empfand sie bunter, fast freundlicher, aber das konnte auch täuschen. Schließlich war Sommer und da wirkten selbst Städte wie Wesseling freundlich. Er schaute auf seine Uhr. Er hatte noch zwei Stunden Zeit bis zu seiner Familienzusammenführung. Vielleicht hätte er Kai Pflaume anrufen sollen, der hatte doch irgend so eine Show, in der sich, natürlich nur ein zufällig, nach Jahren Familienmitglieder wieder trafen. Dann hätte er damit noch Geld verdienen können. Er saß also da und völlig unerwartet, war sein Getränk leer, und das kölsche Mädsche musste immer noch mental mit ihrer Heimat verbunden sein, denn just, als der letzte Schluck aus dem Glas seine Kehle passiert hatte, stand sie in der Tür dieser Hafenkneipe, mit dem fragenden Blick, den nur eine Kellnerin haben konnte. Sollte er jetzt rufen? Irgendein Zeichen machen, das vielleicht dann doch missverstanden werden konnte? Er beschloss zu warten und schneller als er vermutet hatte, stand die Bedienung neben ihm und bot ihm ein weiteres Radler an und ohne lange zu überlegen, willigte er ein.

Nach dem vierten Radler in der Sonne Schleswig-Holsteins, überkam Winfried eine leichte Schwere in den Beinen. Er konnte es schon im Sitzen spüren, dass er leichte Koordinationsprobleme haben würde, wenn er sich gleich bewegen müsste. Er tat das, was er in solchen Situationen immer tat - er wartete, wie sich die ganze Situation entwickeln würde, das war immer seine Taktik gewesen und sie hatte sich noch nie als falsch erwiesen, seiner Meinung nach. Bei dem Blick auf die Uhr wurde ihm klar, dass das Familientreffen in greifbare Nähe gerückt war und seine Chancen sich dezent zu verabschieden bei null lagen. Auf der anderen Seite würde er diesen Abend, so betäubt wie er war, viel besser aushalten können als in einem nüchternen Zustand. Und so kam es dann, dass Winfried sich um die verabredete Zeit am Brunnen, der Tiene wiederfand, mit kleinen Koordinationsproblemen, die aber so minimal waren, dass sie seiner Tante nicht auffallen würden.

Er blickte um sich und versuchte irgendwo eine kleine, weißhaarige Frau zu entdecken, die mit Stock oder Rollator in Richtung Brunnen steuerte. Nichts war zu sehen. Er blickte nach oben in den hellblauen Himmel und wünschte sich weit weg von hier.

Aber wohin?

Nach Hause?

Mit den Nachbarn grillen?

Alleine Bier vorm Fernseher trinken?

Ihm erschien diese Alternative hier gar nicht so schlecht zu sein, wären da eben nur nicht diese ganzen Menschen gewesen und die freilaufenden Tiere. Während er noch darüber nachdachte, was man hier alles abschaffen müsste, um diese Gegend bewohnbar zu machen hörte er, noch nicht ganz in seiner Nähe, aber auf jeden Fall schon zu nah, um zu flüchten:

"Winfried, Winfried"!

Er blickte um sich und sah seine Tante, die etwa zehn Meter von ihm entfernt stand und sich nun langsam auf ihn zubewegte.

Nicht so bedrohlich wie ein Stier und auch ohne technische Hilfsmittel, aber sie hatte ihn erkannt, entdeckt und nun würde sie alles von ihm wissen wollen, was so in den letzten, es mussten ungefähr fünfzehn oder mehr Jahre sein, mit ihm geschehen war.

Jetzt stand sie vor ihm und diese kleine alte Dame blickte ihn mit wachen und für ihr Alter fröhlichen Augen an.

"Winfried, mein Junge", begann sie und streichelte ihm seinen linken Arm, „wie schön dich nach all den Jahren wieder zu sehen, und erkannt habe ich dich auch gleich. Gut siehst du aus. Wollen wir uns irgendwo hinsetzen? Da vorne ist ein schönes Lokal, die Bedienung wird dir gefallen, sie kommt ursprünglich aus Köln."

Na, da hätte er ja sitzen bleiben können.

"Hallo, Tante Margarethe", quetschte Winfried durch seine Kehle und jetzt war klar, auch Radler konnte einem die Kontrolle über den eigenen Körper nehmen.

„Hast du schon einen gehabt Winnie?" lachte Margarethe, „du hörst dich ein bisschen so an".

Sie sah ihn an und lachte genauso, wie er es in Erinnerung hatte.

Er hatte ihr Lachen immer gemocht, aber jetzt fühlte er sich fast ein wenig ertappt und ausgelacht.

Warum er die Schwester seiner Mutter über Jahre nicht besucht und ihr nur in manchen Jahren zum Geburtstag gratuliert hatte konnte er sich nicht erklären und an diesem Punkt musste er auch ehrlich zu sich sein und einfach mal zu sich sagen, dass er ein nicht so ganz toller Neffe gewesen war, aber das sagte er nicht laut und das dachte er auch nur ganz kurz.

Das musste ja niemand mitbekommen.

Tante Margarethe schaute ihn an und lächelte in ihrer doch bestechenden und sehr einnehmenden Art.

„Kennst du noch die Tiene?", fragte sie mit einem Schmunzeln im Gesicht.

Sie hob ihren Kopf und schaute diese riesige, bronzene Frau, mit dem erheblichen Grünstich an und lächelte.

Er wusste genau auf was sie anspielte.

Die Tiene, der Brunnen auf dem Husumer Marktplatz und eines der Wahrzeichen Stadt.

Eine große, bronzene Statue einer Frau, die ein Paddel geschultert hat.

Für ihn als Kölsche Jung nichts Besonderes, sah man doch öfter mal das eine oder andere Mädchen, das mit Paddel durch die Kölner Innenstadt lief und zum Ruderclub wollte.

„In Köln würde man diesen Damen eben keine Denkmal bauen", hatte er als Junge gedacht, die Bedeutung und Sinnhaftigkeit dieses Monumentes, war ihm immer verschlossen geblieben.

Dass die Tine, eine der wenigen Frauen war, die in Bonze verewigt wurde und eben kein auf einem Pferd thronender Erbprinz war, hatte ihn als kleines Kind vielleicht auch einfach nicht interessiert.

Was er jedoch unbedingt herausfinden musste, wie tief dieser Brunnen war und so war er auf Entdeckungstour gegangen, an den Rand der Welt und war wohl ein bisschen zu weit drüber hinaus gerutscht, verlor den Halt und war in die sprudelnden

Fluten des Brunnens gefallen.

Er war nicht tief.

Das konnte er von diesem Tag an bezeugen.

Ein anderer Effekt war, dass er sich durch seinen Wagemut zum Witz der gesamten Familie gemacht hatte, jedenfalls an dem Tag und es hatte gefühlte Stunden gedauert, bis man ihn aus den Tiefen befreite.

Die Tiene hatte die ganze Zeit ruhig dagestanden, auf ihn herab geschaut und vielleicht sogar ein wenig auf ihn aufgepasst.

Er hatte sie nie vergessen, sie ihn ja vielleicht auch nicht, seine Tante hatte es aber auf gar keinen Fall.

„Toll", dachte Winfried und nahm einen weiteren Schluck seines neuen Lieblingsgetränks.

Steffen Heller saß, leicht nach vorne gebückt, im Fiat und passierte das Ortsschild von St. Peter Ording. Da dieses Fahrzeug selbstverständlich über kein Navigationssystem verfügte, zog er sein Handy aus der Tasche und suchte die Straße und den Weg dorthin.

Er blinzelte aus dem Seitenfenster in die Sonne und versuchte ein Straßenschild zu entdecken.

Nach ein paar Augenblicken verglich er die Angaben auf seinem Handy mit seinem derzeitigen Standort und es war klar; er befand sich bereits in seiner Zielstraße. Er parkte die rollende Zündkerze, stieg aus und musste nur ein kurzes Stück die Straße heruntergehen.

Dann stand er vor einem eleganten Haus. Es schien älter zu sein, nicht so alt wie das Haus seiner Mutter, aber es hatte diesen Charme, den die nordfriesische Architektur ausmacht.

Man bleibt stehen, schaut sich die Fenster solcher Heime an und das Ganze wirkt freundlich und einladend.

Auf dem weißen Porzellanklingelschild stand in Blau und offensichtlich handgeschrieben, dass hier Familie Barnsen wohnen sollte. Er war richtig.

Er drückte den goldenen Klingelknopf und ein leises Bimmeln ertönte von innen her, dass bei jedem Mal lauter wurde, so wie eine Art Wecker.

Die Tür wurde geöffnet und ein rundes, käsiges Gesicht schaute ihn durch eine dicke, eckige Hornbrille an, lächelte und sagte: „Moin."

Heller kannte diesen kleinen Mann.

Er hieß Bernd Barnsen, sie waren zusammen zur Schule gegangen und Bernd hatte sich, während alle anderen draußen spielten, immer in seinem Zimmer verkrochen, hatte mit seinen Fischen im Aquarium gespielt, oder den Draht einer Kupferspule abgerollt um sie in mühseliger Kleinst- und Feinarbeit wieder aufzurollen, um ihre Funktionsweise zu optimieren, wie er meinte.

Deswegen wurde er in der dritten Klasse Butzen Bernd getauft und behielt diesen Namen bis zum Schulabschluss und wurde mit Sicherheit auch noch heute so genannt.

„Butzen Bernd Barnsen", grinste Heller und der kleine bebrillte Mann verzog sein Gesicht.

„Wie geht´s Dir Bernd? Ich muss mit Dir reden, es geht um den Tod deines Geschäftspartners Pingel."

Barnsens Augen weiteten sich, und er legte die Hand auf seinen Mund.

„Tot, wie jetzt? Wann das denn? Komm erstmal rein, Steffen. Willst du Tee oder Kaffee?", fragte Bernd Barnsen.

„Kaffee wäre genau richtig", rülpste Steffen Heller unabsichtlich.

„Du warst im Bugspriet, oder? Gib´s zu.", lachte Barnsen.

„Aber nur kurz. Musste da was nachfragen", versuchte Heller

sich rauszureden.

„Was machst du hier? Ich dachte du bist in Hamburg. Große, weite Welt und so weiter. Andere Menschen, neue Blickwinkel, weiterkommen, dem Muff entfliehen", zitierte Bernd. Es waren die Worte, die Steffen in seiner Abschlussrede nach dem Abitur am lautesten und immer wieder betont hatte. War ja klar, dass ein Mensch wie Bernd genau das im Kopf behalten hatte.

Steffen Heller wurde durch einen kurzen Flur in das Wohnzimmer geführt.

Sie nahmen an dem in der Mitte stehenden, hölzernen Esstisch Platz.

Die beiden Männer saßen sich gegen über und Heller zog einen Umschlag aus seiner Innentasche, öffnete ihn, entfaltete die Blätter, legte sie vor sich auf den Tisch und strich mit der flachen Hand über sie.

„Du hast ein Problem Bernd", begann er und blickte seinen ehemaligen Schulkameraden erst an, dann fuhr er fort: „Dein Geschäftspartner ist über den Jordan gegangen, wir finden Unterlagen, dass er im großen Stil Geld verliehen hat und die größte Summe an Dich. Wir finden keine Zahlungsein- oder Ausgänge auf euren Konten und auch keinen Kreditvertrag, der irgendetwas regelt, sondern nur die Notiz, dass du ihm Geld schuldest. Durch seinen Tod bist du jetzt raus aus dem Bus. Keine Schulden mehr, keine Raten, niemand, der dich in der Hand hat. Du bist unser Verdächtiger Nummer Eins. Gibt´s was, was du mir sagen kannst, was dich entlastet? Einen klaren Beweis, für deine Unschuld? So, Bernd, wenn Du nicht aufpasst und mir was lieferst, sitzt du richtig in der Scheiße."

Butzen Bernd lehnte sich entspannt zurück, nahm seine brennglasdicke Sehhilfe ab und putze in aller Seelenruhe die Gläser. Dann setze er sie wieder auf seine windschiefe Nase und lächelte Steffen Heller mitten ins Gesicht.

„Ich war hier Steffen. Zuhause, ich habe gelesen, Musik gehört und ein Pfeifchen geraucht. Ich bekam einen Anruf und telefonierte so bis circa Mitternacht. Danach bin ich ins Bett und habe geschlafen. Meine Frau kann das nicht bezeugen, da sie zurzeit Urlaub in Italien macht. Mit unseren Kindern. Es sollte ein leichtes sein, das Telefonat anhand meiner Verbindungsdaten als Alibi zu nutzen. Kann ich sonst noch irgendetwas für dich tun?"

Bernd lächelte weiter in Steffens Richtung.

„Das Geld, von dem Du redest, war eine gemeinsame Investition in ein Hotel, ein paar Meter weiter. Es wird kernsaniert und von Grund auf neu und modern ausgestattet. Die Verträge dazu liegen bei Pingels und meinem Anwalt."

Bernd zog eine Visitenkarte aus seiner Tasche und schob sie über den Tisch.

„Ruf ihn an, Steffen, er wird meine Aussage bestätigen. Möchtest du noch einen Kaffee?"

Seine Stimme war jetzt ernster und Heller verstand, dass das nicht ernst gemeint war, also für ihn die perfekte Einladung noch ein wenig zu bleiben und Butzen Bernd noch ein wenig zu trietzen. also lehnte er sich in seinem Stuhl zurück, reichte Bernd Barnsen seine leere Tasse mit einem doch eher überheblichen, denn freundschaftlichen: „Gerne doch."

Mit zerknirschtem Gesicht nahm Barnsen die Tasse und ging Richtung Küche, um seinem schon immer ungeliebten „Freund" eine weitere Tasse zu servieren. Er ärgerte sich über sich selbst, durch seine höfliche Nachfrage, diesen Klugscheißer weiter in seinem Haus zu bewirtschaften zu müssen.

Zur selben Zeit in Husum, saßen Jan und Johann auf dem Kutter und sinnierten über den Sinn und Unsinn des Lebens, in Abhängigkeit von Ebbe und Flut.

Dieser stetige Wechsel der Grundbedingungen, da waren sich beide Männer einig, führte dazu, dass man alleine von daher mehr auf die Natur hörte, sich mit ihr befasste und dadurch näher an ihr war, als irgendein Stadtmensch. Die mussten sich nur nach Schwankungen im öffentlichen Nahverkehr richten, oder eben die Kleidungswahl ja nach Wetterbedingungen. Sonst hatten die Trockenschiffer und Möchtegernkapitäne keine primären Einschränkungen durch die Natur um andächtig über alle Deichkronen zu parlieren.

„Erinnerst du dich noch an Steffen?" fragte Johann Jan, der Rauschwaden aus seiner Pfeife in den nachmittäglichen Himmel blies.

Der wendete seinen Kopf und begann erst breit zu grinsen und nickte dann, in seiner überlegten und ruhigen Art.

„Oh ja, das tue ich", begann er leise und sortierte seine vielfältigen Erinnerungen an die eigene Schulzeit.

„War immer ein bisschen aufgeblasen der Gute, aber sonst ein netter und unterhaltsamer Zeitgenosse. Ich   erinnere mich nur zu gerne, an die Stories, die er immer über die Untermieter seiner Mutter erzählt hat. Selten habe ich während meiner Schulzeit so gelacht und seien wir doch mal ehrlich, mit dem Talent Geschichten zu erzählen zur Polizei zu gehen, ist doch reine Verschwendung von Ressourcen."

Die beiden Männer sahen sich an, begannen lauthals zu lachen, um sich dann anzustoßen.

„Erinnerst du dich noch an die Geschichten über diesen Herrn Fischer?", fragte Johann breitgrinsend.

„Jo, das war doch der Untermieter, den Steffen morgens vor der Schule im Hausflur traf, oder?"

„Genau den meine ich, und Steffen hat ihn damals so unglaublich gut nachgemacht."

Johann erhob sich aus seiner Komfortzone und stellte sich vor seinen immer noch sitzenden Freund. Dann verdrehte er die Augen, ließ die Schultern hängen und schob seinen Unterkiefer nach vorne.

„Na Steffen, musst du jetzt zur Schule?" nuschelte Johann und Jan prustete vor Lachen.

„Genau so, exakt genauso und dann kam Steffen erst gegen Spätnachmittag nach Hause und Herr Fischer stand immer noch da. An der gleichen Stelle, immer noch im Morgenmantel und immer noch mit offenem Mund."

Johann stand auch immer noch vor seinem Kumpel, hatte die Augen jetzt zum Himmel verdreht und fuhr mit der kleinen Theateraufführung fort.

„Na Steffen, schon zurück, oder hast du was vergessen?".

Während Johann versuchte in der in seiner Erinnerung verbliebenden Beschreibung eines Untermieters von Frau Heller zu bleiben, übernahm Jan die Rolle Steffen Hellers.

„Mensch Herr Fischer, der Tag ist rum. Sie können sich jetzt hinlegen. Ich muss erst morgen früh wieder raus."

Johann alias Herr Fischer, drehte sich auf dem Heck des Schiffes um und marschierte in Richtung des Liegestuhles, um es sich dort wieder bequem zu machen.

Eine Sekunde bedächtigen Schweigens lag über dem Schiff, das dann sofort vom brüllenden Gelächter der beiden Männer durchschnitten wurde.

„War schon eine gute Zeit, die Schulzeit," sinnierte Jan, „ aber auch das, was danach kam, bis heute, da gibt es doch einfach nichts dran auszusetzen", apostrophierte er hinzu.

Johann saß entspannt in seinem Stuhl, schaute den Möwen auf der anderen Hafenseite zu, wie die versuchten, Touristen und

Mülleimer um ihre essbare Habe zu erleichtern, wobei die Touristen manchmal hilfloser erschienen, als die Mülleimer; weniger geschützt eben.

„Das war sie", stimmte er zu, „und ganz egal was bis jetzt passiert ist, welche Entscheidungen wir getroffen haben, oder wo wir leben, ich kenne immer noch alle Namen aus unserer Abschlussklasse, erinnere mich an ihre Gesichter und habe manche Stimmen nicht vergessen. Erinnerst du dich noch an Sabine, die in der fünften Klasse schon so eine raue Altstimme hatte, dass wir drauf gewettet haben, dass sie die deutsche Antwort auf Janis Joplin wird und dann gehofft haben, dass sie in dem Fall nicht so einen frühen Abgang macht, wie das Original?"

Jan nickte und trank den letzten Schluck aus seiner Bierflasche. „Oder Thomas", führte er fort, „Segler, Surfer und ehrgeizig bis in die letzte Faser seines Körpers. Alle haben gedacht, wenn der was macht, dann nur mit Sport, eigentlich kann man Sport auch gleich umtaufen und ihn einfach Thomas nennen. Und was macht der nach dem Abi? Beamter mit gehobener Laufbahn in der Stadtverwaltung in Schleswig. So kann man seine Träume auch begraben."

Eine kurze, nachdenkliche Pause entstand zwischen den beiden Männern, dann fuhr Jan langsam fort: „Gut, dass es uns nicht so ging und wir genau das gemacht haben, was wir immer wollten. Du bist Arzt und ich war auf dem Mond. Passt doch!"

„So sehe ich das auch", sagte Johann, während er durch den Flaschenhals in die Reste seines Getränkes schaute. Mit einem zusammengekniffenen Auge schaute er in den Himmel und fand die blassen Umrisse des Mondes, die sich am Himmel abzeichneten.

Er deutete mit dem Flaschenhals in Richtung des Erdtrabanten. „Und? Willst du nochmal rauf?"

„Nein, ich habe ihnen lediglich meine bescheidenen Phsikkenntnisse zu Verfügung gestellt. Mehr nicht", antwortete er seinem Freund, die erneut und umgehend anfingen zu lachen, denn eine der gemeinsamen Erinnerungen an ihre Schulzeit, war das bescheidene Wissen im Bereich Physik, welches jeder der beiden Männer, die ganze Schullaufbahn mit sich herumgetragen hatten und das Fach so schnell abgewählt hatten, wie sie konnten.

Weder war der eine der beiden Männer Arzt geworden, noch der andere Astronaut.

Jan war bis zu seiner Pensionierung Lehrer für Deutsch und Geschichte, sein Freund Architekt gewesen. Beide genossen jetzt ihren Ruhestand und hatten sich einen gemeinsamen Kindheitstraum erfüllt.

Einen eigenen Kutter, ein Platz, an dem man sich einfach noch einmal fühlen konnte, wie ein kleiner Junge, der davon träumte zur See zu fahren um den Weißen Wal zu jagen.

Die beiden Männer verband eine knapp fünfzigjährige Freundschaft und in dieser Zeit, kann man schon eine Menge erleben.

Auch getrennt voneinander.

Jan war Patenonkel von Johann s Kindern und Trauzeuge bei seiner Hochzeit gewesen.

Umgekehrt war Johann Trauzeuge bei Jans Hochzeitsfeierlichkeiten gewesen.

Während Johann s Frau jedoch noch lebte, war Jans Frau Gerda vor fünf Jahren gestorben. Er hatte versucht allein damit klarzukommen, doch er merkte schnell, dass das, was er suchte, nicht in der Ferne, oder einer Großstadt zu finden war, sondern wirklich nur in der Beschaulichkeit dieser kleinen und schönen Stadt am Meer.

Nachdem er den Sarg seiner Frau hierher hatte überführen

lassen, suchte er sich in der Vertrautheit des Nordens eine kleine Wohnung und lebte seitdem wieder hier.

Und auch wenn er jeden Tag fühlte, was für ein Loch, durch den Tod seiner Frau in sein Leben gerissen worden war, so gab ihm doch diese, wie es andere Menschen empfanden, Enge, genau das, was er brauchte.

Johann beschäftigt sich nach seinem freiwilligen Ausscheiden aus der eigenen Firma nur noch privat und ab und zu mit dem Zeichnen und entwerfen kleinerer Bauprojekte. Er nannte das seine Tankstellen und Kegelbahnzeit.

Die beiden Freunde hatten dann vor zwei Jahren ein wenig Geld zusammengeworfen, sich diesen alten und traditionellen Fischkutter mit samt Liegeplatz gekauft, ihn restauriert .

Ihr gemeinsamer Jugendtraum war damit erfüllt und das war, trotz aller widrigen Umstände ein Anker, eine Zuflucht, oder anders gesagt, ein sicheres Zuhause.

So saßen die beiden Männer gedankenverloren auf ihrer Nussschale und genossen den Ausblick, die Sonne und die Zeit.

Was sich hinter ihnen, also auf der Kaimauer passierte, spielte keine Rolle.

Bis auf einmal eine altbekannte und nie vergessene Stimme die Stille durchtrennte.

„Dass ihr zwei nicht ohne einander klarkommen würdet, das war mir und euren Eltern schon in der Grundschule klar."

Beide Männer hielten schlagartig den Atem an und ihre Körper versteiften sich.

Beide standen auf, gingen um ihre Stühle herum und schauten zur Kaimauer.

Da stand sie.

Weißhaarig, mit wachen Augen und dem Lächeln, das wohl keiner ihrer Schüler jemals vergessen hat.

„Guten Morgen Frau Heller", sagten die beiden Männer

unisono.

„Ihr Dösbaddel", lachte die ältere Dame, die die beiden Männer seit ihren Grundschultagen kannten. Sie war eben nicht nur die Mutter von Großstadthauptkommissar Heller, sondern eben auch ihre Lehrerin gewesen, zu der sie nie den Kontakt verloren hatten.

„Es ist schön zu sehen", fuhr sie fort, „dass ihr Euch diesen Kutterquatschtraum erfüllt habt ,aber das mit Moby Dick lasst ihr damit mal lieber bleiben bitte."

Sie sah die beiden Männer ernst an, die sich nicht erwehren konnten und bereitwillig zugaben, dass sie diesen Plan schon vor Jahren verworfen hätten und sie sich darauf verlassen könne.

„Dann ist ja mal gut", antwortete Frau Heller, winkte den beiden Freunden kurz zu um dann, für ihr Alter doch schnell und behände, Richtung Innenstadt zu gehen.

Jan und Johann sahen ihr hinterher und wunderten sich über sich selbst.

Gab es noch eine Frau in ihrem Leben, die über Jahre einen derartigen Einfluss auf sie hatte?

Einen Menschen in der Vergangenheit, bei dem es immer noch wichtig war, dass das eigene Bild zu hundert Prozent stimmte?

Sie setzten sich wieder auf ihre Stühle, nahmen sich ein neues Getränk und dachten in Ruhe darüber nach.

Während die beiden Männer Freiheit und Zeit genossen, saß Steffen Heller zusammengefaltet in dem   für ihn viel zu kleinen Wagen. Nachdem er - und das musste er unumwunden vor sich selbst zugeben, den zweiten Kaffee bei Butzen Bernd getrunken und Kreditunterlagen und Adressen eingefordert hatte, sauste er nun, mit galanten 76 Stundenkilometern über die Landstraße Richtung Husum.

Ein merkwürdiges Gefühl, einen ehemaligen Schulkammeraden als Verdächtigen zu verhören und sofort ein Geständnis zu erwarten.

Manchmal sollte man eben doch die Ruhe bewahren und dem Ganzen ein bisschen Zeit geben.

Er selbst aber gab sich keine Zeit, weder mit sich, seinem persönlichen Umfeld, ´noch der Aufklärung diesen Falles.

Nach einer gefühlten Ewigkeit, sah er in der Entfernung auf dieser kerzengeraden Landstraße in schier unerreichbarer Entfernung das Ortsschild von Husum.

Ihm graute vor dem Revier und auch davor, um diese Zeit so früh am Tag in sein Jugendzimmer, seine Kindheit und in dieses Haus zurückzukehren. Und so entschloss er sich an der zweiten Kreuzung nicht links abzubiegen, sondern geradeaus weiter zu fahren.

Er parkte die Blechbüchse am Straßenrand und wollte die letzten Meter zu Fuß gehen.

Au dem Weg zu seinem Ziel, das wusste er, würde er an einem Kiosk vorbeikommen, zwei Flaschen Bier kaufen, um es demjenigen mitzubringen, den er besuchen wollte.

Heller besorgte das Bier, eine neue Schachtel Zigaretten, um dann ein paar Meter weiter den Friedhof zu betreten.

Zielsicher steuerte er auf eine weiß gestrichene Bank zu, die auf einem kleinen Grünstreifen, ein bisschen abseits der Gräber stand.

Er setzte sich, schaute sich um, dann in den Himmel und blickte dann, zwischen zwei Tannen hindurch, auf einen alten, leicht verwitterten Grabstein.

Das Grab selbst war gepflegt, wie nicht anders zu erwarten.

Er öffnete das erste Bier, beugte sich nach vorn und stützte sich dabei mit seinen Ellenbögen auf seinen Oberschenkeln ab.

„Na Vaddern, schon wach?" Er machte eine kleine Pause.
„Entschuldigung, du weißt ich kann mir den nicht verkneifen,
außerdem hab ich den von dir gelernt, damals, als wir das Grab
von Tante Lotti besucht haben. Entweder du hast – Schon
wach – gefragt, oder hast ihr gesagt, dass sie sich keine
Umstände machen soll und ruhig liegen bleiben könnte und
dann hast du mich angelacht. Das hat mir immer diese
komische Angst und auch die Beklemmung vor diesem Friedhof
genommen. Du und Mama habt sie mir genommen. Ihr wart
ein tolles Team.
Wie geht´s dir Papa, wir haben uns lange nicht gesehen."
Heller schaute auf die Zahlen und Buchstaben auf dem
Grabstein, stellte sich vor, dass da zwei Augen wären, die ihn
anschauten und schwieg für kurze Zeit.
Irgendwelche kleinen Vögel gruben im Unterholz, die Sonne
schien jetzt, zum Spätnachmittag noch einmal aus voller Kraft
und Heller nahm ein großen Schluck von seinem Bier.
„Ich hab immer noch nicht den Mut, dir einfach so gegenüber
zu treten. Nach all den Jahren. Nur weil ich zu blöd war, zur
richtigen Zeit am richtigen Ort zu sein. Es war doch klar, dass
Mama dir nicht alleine helfen konnte. Ich hätte für euch da
sein müssen."
Er rieb sich mit der flachen Hand über sein Gesicht und schaute
seinem Vater in die versteinerten Augen.
Sein Vater war für ihn, nicht nur während seiner Kindheit,
sondern auch in seinem späteren Leben immer eine Art Held,
ein Vorbild, ein Ziel gewesen. Sein Leben lang hatte er als
kleiner Beamter gearbeitet, in der Verwaltung der hiesigen
Kommune, hatte aber nie aufgehört dazuzulernen.
Jeden Tag. Er hatte sich mit allem beschäftigt, was um ihn
herum passierte, und man muss da bedenken, es gab da noch
kein Internet, sondern nur Bücher. Dementsprechend hatte

Steffen Hellers Zuhause ausgesehen. In jeder Ecke, auf der Treppe, dem Fußboden, der Toilette und in den wandhohen Bücherregalen ohnehin, überall Bücher. Als er wieder einmal mit einer Ladung Büchern nach Hause kam, sie im Wohnzimmer stapelte und seinen damals elfjährigen Sohn fragte, wann er denn ausziehen würde, weil man eben mehr Platz für die Bücher bräuchte und genau in dem Moment war der Entschluss gefallen, in ein größeres Haus umzuziehen. Sie bekamen ein Angebot für ein Haus. Es hatte zwei Etagen. Im Erdgeschoss waren vier kleinere Wohnungen, die seine Eltern vermieten konnten und im Geschoss darüber befand sich eine große Wohnung mit fünf Zimmern, einem Wintergarten und einem Balkon. Das Haus und die umliegenden Gebäude waren alle mit Flachdächern versehen und nicht so hoch, dass auf diesem Balkon den ganzen Tag sie Sonne scheinen konnte. Hinter dem Haus gab es einen kleinen Garten in dem seine Eltern Kräuter, Tomaten und ein paar Kartoffeln anbauten. Nicht groß, aber es reichte und gab jedem in der Familie die Möglichkeit, auch einmal Abstand voneinander zu haben.

„Ich danke dir für meine Kindheit, Jugend und das, was aus mir geworden ist Vaddern", flüsterte Steffen und prostete dem Grabstein erneut zu.

Er lehnte sich zurück, schloss die Augen und die Bilder seiner Kindheit liefen in einem gemächlichen Tempo vor seinem inneren Auge vorbei.

„Ich wollte dich nie verletzen, glaub mir das", sagte er leise und in dem Moment fühlte er zwei Hände, die auf seinen Schultern zu liegen kamen.

„Er hat es immer gewusst Steffen", hörte er seine Mutter leise sagen. „Es ist alles in Ordnung, du musst dir am allerwenigsten Vorwürfe machen. Darf ich mich setzen?"

„Klar Mutsch, das ist heute unser Familientag. Wie eh und je.

Setz dich, ich hab dir ein Bier mitgebracht, alkoholfrei, selbstverständlich.

Sie setze sich neben ihren Sohn, der das Bier schnell mit einem Feuerzeug öffnete. Sie stießen an, sahen in Richtung des Grabsteins und fragten im Chor: „Und, wo gehen wir hin?"

Sie mussten beide lachen und versuchten es so schnell es ging zu unterdrücken.

Sie saßen auf einem Friedhof und da wird, auch im Zusammenhang mit schönen Erinnerungen an den Verstorbenen eben nicht gelacht.

„Er würde doch sowieso am liebsten im Garten sitzen, auf der Bank und in den Himmel und die Natur schauen", flüsterte Steffen Heller seiner Mutter in´s Ohr."

Sie atmete tief aus, und in diesem Atemzug gab sie ihrem Sohn recht.

„Er war immer so stolz auf dich, weißt du das überhaupt?"

„Das war ja auch sein Job, Muddern. Wer soll denn sonst auf mich stolz sein, wenn nicht meine Eltern? Aber ich weiß, was du meinst und ja, ich habe es gewusst, und es war immer Teil meines Antriebs. Er war für mich auch immer Vorbild. Bis zum Schluss. Durchdachte, sachlich fundierte Argumentationen, hieb- und stichfeste Aussagen und ein Mensch, der nie aufgehört hat, dazuzulernen. Hat nicht jeder so einen Vater. Und ihr beide zusammen ward einfach nur gut für mich und auch für meine Freunde in meiner Schulzeit. Die haben mich echt beneidet um euch. Also war ich auch stolz auf euch und froh, solche Eltern zu haben. Auch wenn es eben nicht immer so wirklich deutlich rüberkam."

Im Gesicht von Frau Heller erschien ein Lächeln und sie legte ihre Hand auf die Ihres Sohnes.

„Alles gut, mein Junge. Dein Vater und ich waren Dir nie böse, also nicht richtig und auch nicht lange. Mach dir keine

Gedanken über die Vergangenheit, du hast keine Fehler gemacht."

Sie stießen mit ihren Bierflaschen an, natürlich in einer Art, die friedhofskonform war und blickten beide auf den Grabstein, der da stoisch und entspannt, unter einem kleinen Bäumchen in der Sonne stand.

„Du kommst doch zu meinem Geburtstag, oder?" fragte Frau Heller ihren Sohn, der fast entrüstet antwortete, dass er es natürlich tun würde und schon vor Jahren ausgerechnet hätte, an welchem Tag seine Mutter 80 Jahre alt werden würde.

„Ich weiß ja, dass derartige Veranstaltungen nicht die beliebtesten sind, die es für dich gibt, aber wenn du da bist, freut es mich umso mehr älter zu werden. Du bist doch mein Aushängeschild. Sonst habe ich ja nicht viel gemacht in meinem Leben, also Gutes eben."

„Mutsch, du hast fast komplett Husum durch die Grundschule gebracht, du hast immer alles gegeben, damit jeder die besten Möglichkeiten hatte weiterzukommen. Nun mach mal halblang. Du hast lange genug etwas für andere getan, nun kümmere dich mal um dich und lass die anderen machen!"

„Du hast ja recht, ich hör schon auf.", antwortete seine Mutter leise.

Sie saßen da, genossen die Sonne, das Leben und die schönen Erinnerungen. Es gab einfach keinen Grund traurig zu sein oder missmutig.

Steffen Heller spürte, wie seine Mutter ihre Hand auf seine legte und sich ein wenig an ihn lehnte.

„Steffen, was würdest du dazu sagen, wenn ich in einen Altenstift ziehen würde?", hörte er seine Mutter leise fragen?

„Du?", war sein erster Gedanke und er merkte, wie sich alles in ihm dagegen sträubte zuzugeben, dass seine Mutter langsam, aber sicher einer ältere Frau wurde.

„Du bist doch noch fit und lustig Mutsch", kam es dann doch eher verzweifelnd nach einer passenden Formulierung suchend aus ihm heraus.

„Das ist süß, dass du das sagst, aber ich werde Achtzig, habe das große Haus mit dem Garten und die Mieter. Das geht mir nun mal nicht mehr so leicht von der Hand. Du bist zwar immer mal wieder hier, aber ich bitte dich. Willst du denn Altenpfleger werden? Willst du dich um mich kümmern, wenn ich nicht mehr kann, so lange, bis du nicht mehr kannst? Der Abschied dann, würde mir schwerer fallen und uns auch beiden nicht guttun. Ich habe mir hier im Kloster St. Jürgen eine Zweizimmerwohnung angeschaut und könnte mir die vom Verkauf unseres Hauses sehr gut leisten. Da wohnt auch Sigrid, meine ehemalige Kollegin, die kennst du doch noch und die Frauen, die sonst noch im Kloster leben, sind auch noch zum großen Teil sehr unternehmungslustig. Sorgen, dass ich als kleines, frustriertes und strickendes Großmütterchen ende, die musst du dir nicht machen. Eher im Gegenteil. Was sagst du dazu?"

Heller blickte auf den Grabstein seines Vaters und es war klar, dass die Entscheidung seiner Mutter eigentlich schon feststand und er gerade nur pro forma gefragt wurde, aber er wurde gefragt und was hätte er denn sagen sollen?

Allen Ernstes, sollte er seiner Mutter irgendetwas verbieten, oder wegen irgendwelcher sentimentalen Erinnerungsschüben auf das Elternhaus bestehen? Wohnen wollte er da ohnehin nicht und von daher nahm er die Hand seiner Mutter, drückte sie und legte seinen Kopf an ihren.

„Klar Mutsch, du weißt selbst, was am besten für dich ist. Wenn ich dir helfen kann, sag einfach Bescheid."

Zur gleichen Zeit, etwas weiter entfernt, saß die Chefin Steffen Hellers in ihrem Büro, hatte die Hände auf ihren Schreibtisch gelegt und schaute auf Fotos und Zeitungsausschnitte, die im Zusammenhang mit der Wasserleiche standen. Sie ließ ihren Blick langsam über die Aufnahmen schweifen und versuchte einen Zusammenhang zu erkennen. Einen Hinweis zu erkennen, den sie bis jetzt übersehen hatten.

Der stolze Pferdezüchter, mit Frau und Kindern, im Kreise der Großfamilie und mit Geschäftspartnern. Er hatte immer eine Art überlegenes Lächeln auf den Lippen, als könne ihm niemand irgendetwas und im Falle einer Verfehlung auch nichts nachweisen. Auf der einen Seite sehr unsympathisch und wenn man dann zu den Familienbildern schaute, war er einfach nur ein glücklicher Mensch. Jedenfalls nach außen hin.

„Komm schon, hör auf, dich zu verstecken", sagte sie in ruhigem Ton zu den Fotos und strich vorsichtig über sie.

Sie legte ihr Kinn auf die Tischkannte, blickte über die flach auf ihrem Schreibtisch liegenden Bilder und flüsterte: „Los, kommt jetzt."

Sie strich wieder vorsichtig über die Fotos, und in ihrem Kopf rauschten die Protokolle der Verhöre und die Ergebnisse der bisherigen Untersuchungen. Irgendwo auf diesen Fotos musste ein Hinweis zu finden sein.

Und sie würde sie nicht von ihrem Tisch räumen, bis sie ihn finden würde.

A apropos finden, wo war überhaupt Kollege Heller?

Seit dem Vorfall im Hamburg, war er einfach nicht mehr der Alte, der Zuverlässige. Er war mit Sicherheit immer noch einer der Topleute in seinem Job, aber seine Teamfähigkeit hatte, um es höflich zu sagen, sehr abgenommen.

Sie griff nach ihrem Handy und tippte seine Nummer ein.

Es klingelte, zwei Mal, dann räusperte sich eine etwas gequälte Stimme am anderen Ende.

„Ja", hörte Sabine und fragte: „Steffen?"

Die Antwort kam prompt.

„Nein", und dann war die Leitung tot.

Irritiert schaute sie auf das Telefon und erkannte ihren Fehler.

Sie hatte ihren Exmann angerufen, der nicht nur eifersüchtig war, sondern auch ein hochkonzentrierter Kontrollfreak war.

Super, ganz klasse oder um es in einer Sprache zu sagen, die jeder versteht: „Ein tiefer Griff ins Klo.", nichts anderes.

Sie konnte sich jetzt schon vorstellen, was passieren würde, dazu kannte sie ihn einfach zu gut und auch zu lange.

Er saß bestimmt jetzt schon in seinem Auto, fuhr mit zweihundert Sachen über die Landstraße und googelte nebenbei, wie viele Steffens es in Husum gab, wo sie wohnten, ging alle Informationen durch, also alle Plattformen, auf die man zugreifen konnte und erstellte nebenher ein Bewegungsprofil, so wie eine Liste, in der er die Reihenfolge festlegte, in der er die Husumer Steffens abfrühstücken würde und nach dieser Städtetourblamieraktion, würde er zufrieden in seinen Wagen steigen, sich eine Zigarette anzünden, in den Rückspiegel schauen, mit dem Finger auf sich selbst zeigen und zu sich selber sagen: „Du, hast alles richtig gemacht, mein Freund".

Ihr lief ein kalter Schauer über den Rücken, und es tat ihr leid, dass sie sich auf diese Weise an den Menschen erinnerte, mit dem sie eigentlich den Rest ihres Lebens hatte verbringen wollen.

Das Leben ist manchmal einfach komisch.

Aber wo war Steffen denn nun. Fast vorsichtig nahm sie erneut ihr Handy und versicherte sich mit doppeltem Blick und Lesebrille, dass wirklich Steffen Heller im Display stand.

Sie wählte.

„Heller", kam es von der anderen Seite etwas rau, ein bisschen genervt und angetrunken.

„Steffen, wo bist du, ich sitze hier und warte auf dich. Was ist los?", fragte Sabine deutlich genervt.

„Vaddern hat Geburtstag und wir feiern hier so´n bisschen", war die äußerst entspannte Antwort.

„Scheiße", ging Sabine durch den Kopf, die diesen Termin eigentlich hätte verinnerlicht haben müssen. Hatte sie doch vor 10 Jahren eine kleine Trauerrede zum Tod von dem alten Herrn Heller gehalten.

Peinlich, äußerst peinlich war das jetzt.

„Was kann ich denn für dich tun", fragte Steffen ruhig.

Immer noch peinlich berührt, von ihrer eigenen Blödheit saß Sabine verkrampft hinter ihrem Schreibtisch und hatte schlagartig alles vergessen, was sie fragen wollte. Stattdessen suchte sie nach einer entschuldigenden Formulierung, um sich aus dieser Situation zu befreien.

Doch Heller fragte nach einer kurzen Pause erneut:

„Sabine, bist du noch da oder ist das Netz hier mit der Ebbe abgehauen?"

Sie riss sich zusammen und antwortete: „Es tut mir so leid, dass ich das vergessen habe, Steffen. Gerade diesen Tag."

„Lass mal gut sein", entgegnete er, „Was ist denn los? Kann ich dir irgendwie helfen?"

„Ich sitze hier gerade vor den Fotos und suche einen Anhaltspunkt. Nur einen kleinen Hinweis und komme nicht weiter. Ich dachte ja, dass du heute reinkommen würdest, um da nochmal einen Blick drauf zu werfen. Aber wir können das in aller Ruhe auf morgen verschieben. Keine Frage. Macht euch da jetzt mal einen einigermaßen schönen Tag Ihr zwei."

„Drei, wir sind zu dritt", unterbrach Heller sie und die beiden verabschiedeten sich und verschoben weitere Aktionen auf den nächsten Tag.

„Sabine ist schon ´ne Nette", sagte Frau Heller leise vor sich hin.

„Ja, das ist sie", war die ebenfalls leise und nachdenkliche Antwort ihres Sohnes. Er streckte sich so gut es ging auf der unbequemen Friedhofsbank und nahm einen tiefen Schluck aus der Flasche.

„Sag mal Muddern", begann er, „gehen wir noch was essen heute, oder wie sieht dein Plan aus?"

„Wäre doch schön", entgegnete sie und schaute ihren Sohn an, „etwas Kleines in seiner Lieblingskneipe und dann gehen wir nach Hause, also wenn du nichts anderes vorhast."

Heller streichelte die Hand seiner Mutter. Eine Antwort, musste er ihr jetzt nicht mehr geben.

Sie saßen noch eine Weile auf der sonnigen Bank, tranken das Bier aus und verließen dann die kleine, private Feier, um direkt in den Bugspriet zu steuern.

Die Kneipe war wie immer voll und ein bisschen verraucht, was aber daran lag, dass der Koch es einfach nicht auf die Reihe bekam, Fleisch auf dem Grill vernünftig anzubraten, aber das war heute nicht wichtig.

Sie setzten sich an einen der kleinen Tische in der hinteren Ecke und der Kellner steuerte sie sofort und zielsicher an.

„Moin, ihr Zwei, was kann ich euch bringen?"

Sie bestellten Matjes mit Sahnesoße und Bratkartoffeln. Dazu nahm Steffen Heller ein Bier und seine Mutter einen trockenen Weißwein.

Aus den kleinen schwarzen Boxen, die in jeder Ecke dieses Ladens an der Decke hingen, kam leise Musik. Nach dem Empfinden Frau Hellers, eher etwas für die jüngere Generation, aber nicht so schlimm, als dass man dabei nicht reden oder essen konnte.

So saßen, aßen, tranken und beobachteten die anderem Gäste und fühlten sich wohl. Immer wieder kamen Gäste zu ihnen an den Tisch, begrüßten sie, oder wünschten einfach nur guten Appetit.

Während Steffen Heller sich bei einem Großteil der Leute fragte, wer das ist oder wer das sein könnte, begrüßte seine Mutter jeden namentlich.

Seine Mutter schaute ihren Sohn an, kaute noch ein wenig, nahm ihr Glas und beugte sich über den Tisch und flüsterte: „Schon schön, wenn die sich alle noch so an mich erinnern. Prost, mein Junge."

Sie lächelte und stieß mit ihrem Weinglas an Hellers Bierhumpen. Er fand es verwunderlich, nein eher erstaunlich, dass seine Mutter jeden einzelnen hier, namentlich kannte und sich noch daran erinnerte, was die jeweiligen zu ihrer Schulzeit am liebsten gemacht und was sie überhaupt nicht gewollt hatten.

Dafür bewunderte er seine Mutter auch, aber selbstverständlich nur stillschweigend.

Sie verbrachten den Abend an einem kleinen Tisch in der Lieblingskneipe des Verstorbenen, und es war die ganze Zeit so, als würde er jeden Augenblick von der Toilette zurückkehren und sich wieder an den Tisch setzen.

Er war einfach da, wie an jedem Tag und er fehlte.

Jedem der beiden auf eine andere Art, aber er fehlte.

Irgendwann bezahlten sie, verließen die Kneipe und gingen nach Hause, nicht ohne einen kleinen Schlenker am Hafen entlang zu machen und während Steffen Hellers Mutter ihren bekannten Spruch: „ Ist es nun nicht schön hier", zufrieden und glücklich sagte, fiel ihm nur auf, dass wieder einmal kein

Wasser im Hafen war. Wie immer. Ebbe.

Ein paar Kilometer entfernt lag Winfried Wümme in seinem hölzernen Gästebett schlief tief und träumte.

Er sah sich selbst in der alten Firma, in diesem farblosen Büro, mit seinen ebenso farblosen Kollegen, zu denen er in den ganzen Jahren nie einen Zugang gefunden hatte. Wenn es ihm unangenehm war, am Morgen die Tür zu seiner Arbeit zu öffnen, so war es ihm noch viel peinlicher, an einem Tag wie heute im Mittelpunkt zu stehen und zum Hauptdarsteller gemacht zu werden.

Er hatte diesen muffigen Geruch von alten Akten und dem aufdringlichen Damenparfum der Chefsekretärin in der Nase. Und während er noch versuchte sich zu orientieren, nach einem Ausweg, einem Notausgang suchte, umschloss sein Chef Winfrieds Oberarm, wie eine Schraubzwinge ein Rohr und führte ihn, wie man einen Stier am Ring durch die Manege führt, in die Mitte des Raumes, der seine Dimensionen verlor, die Mauern verschwanden, und sie waren von einer Unendlichkeit umgeben.

Dann flüsterte ihm sein Chef, mit der Synchronstimme von Charles Bronson in´s Ohr:

„Heute wird gefeiert mein Lieber!"

Alle Mitarbeiter schauten auf Winfried, der von hinten durch ein Spalier nach vorne gezogen und unter einem doch eher sparsamen Applaus hinter einem Rednerpult positioniert wurde.

Super, dachte er, hier hab ich nie hingewollt, und ich will auch jetzt nicht hier sein, ich will einfach nur meinen Bescheid, dass ich hier nie wieder her muss und mehr nicht.

Noch während er das so dachte und hoffte, gleich käme ein riesiger Vogel und würde ihn einfach hinaustragen, spürte er erneut die schwere Hand seines Chefs auf seiner Schulter. Der musste die letzten Sekunden irgendetwas gesagt haben, denn alle, die vor ihnen standen, nickten, als seien sie seiner Meinung. „Los Wümme, nur ein paar Worte zum Abschied und dann sind Sie uns los, für immer".

Winfried hätte gerne so etwas gesagt wie: Zu schön, um wahr zu sein, oder er hätte gerne mit jedem einzelnen abgerechnet.

„Liebe Freunde und Freundinnen, lieber Mitarbeiter, Heute ist nun mein letzter Tag hier mit Euch allen und was ich euch schon immer mal sagen wollte, ist, dass mein Leben ohne Euch alle bestimmt viel harmonischer und ruhiger verlaufen wäre. Ich mag keinen von euch, und ihr seid mir einfach egal", hörte er sich sagen, aber eben nur in seinem Kopf. Was er stattdessen sagte, war eine Lüge, genau wie seine Freundlichkeit gegenüber allen hier, die er ihnen die letzten Jahre vorgespielt hatte.

Er legte seine Hände rechts und links auf das Rednerpult, wie ein Politiker, der kurz davor ist, leere Phrasen in den Plenarsaal zu blasen, dann sah er seinen Chef an, der erwartungsvoll mit zwei Gläsern Sekt in der Hand gespannt darauf wartete, was sein wohl schweigsamster Mitarbeiter in dieser Situation sagen würde.

„Liebe Leute", sagte Winfried, „was soll ich sagen, ich hab´s hinter mir. Danke für die lange und gute Zusammenarbeit mit euch, danke."

Es musste die kürzeste Abschiedsrede gewesen sein, die sein Chef je gehört hatte, denn er sah Winfried immer noch auffordernd an, als wolle er, dass er jetzt noch einmal weit ausholte und eine lange Rede halten würde. Aber Wilfried drehte sich zu seinem Chef, nahm ihm das Glas Sekt aus der Hand, wendete sich wieder den staunenden Zuhörern zu und erhob sein Glas.

„Auf den Ruhestand", sagte er, setzte das Glas an seinen Mund und trank einen Schluck. Es war Mineralwasser, popliges, normales Mineralwasser. Wahrscheinlich aus dem Discounter im Sonderangebot. Das sah seinem Chef ähnlich. Nie einen Pfennig zu viel für die Besatzung ausgeben, sonst verlernen sie zu schwimmen, hatte er einmal gesagt. Wie konnte so ein Mensch frei von jeder sozialer Kompetenz und frei von jeglichem Gerechtigkeitssinn, wie konnte so ein Mensch Chef einer Versicherung sein?
Aber wenn er genau darüber nachdachte, waren das exakt die Eigenschaften, die man haben musste um Kunden abzuwimmeln, sie auf einen späteren Zeitpunkt zu vertrösten und dann letztendlich die Auszahlung zu verweigern.
Winfried war nie so ein Mensch gewesen und hatte sein Berufsleben lang an sich und dem, was er tat gezweifelt.
Aber mit wem hätte er denn darüber reden können?
Mit einem seiner Kollegen?
Seinem Chef?
Oder etwa mit seiner Frau?
Nein, der einzige Gesprächspartner, der ihm diese Fragen beantworten konnte, war er selbst – Winfried Wümme, und während er seine Stimme in dieser Endlosigkeit verhallen hörte, gab ihm sein Chef einen leichten Stoß und in einer

vorher nicht dagewesenen Schwerelosigkeit, schwebte Winfried über die Köpfe der Anwesenden hinweg, warf einen letzten Blick von oben auf sie und steuerte auf die schwarze Unendlichkeit zu und egal, wie laut er auch darum bettelte, dass ihn jemand festhalten möge, niemand schaute nach oben, keiner achtete auf ihn, keiner reichte ihm die Hand zur Rettung.

Großartig, dachte er, das war die kurze Zusammenfassung meines Lebens.

Winfried ruderte mit den Armen, um Halt zu finden und auf einen Schlag hatte er etwas in der Hand.

Es war dünn und flexibel, eine Art Kabel.

Er ertastete einen Schalter. Das war seine Rettung.

So drückte er ihn, es wurde hell, und er fand sich verschwitzt und mit einem erhöhtem Herzschlag in seinem Gästebett in Husum hinterm Deich wieder.

Natürlich gab es Plätze an, denen er jetzt lieber gewesen wäre, auch wenn ihm spontan keiner einfiel. Doch alles war besser als das Versicherungsgebäude, oder die endlosen Weiten.

Er setze sich aufrecht in sein Bett und atmete tief ein.

Was für ein Traum.

Seine Kehle war trocken, als hätte er die ganze Zeit wirklich geschrien.

Dann hätte ihn ja jeder gehört.

Das wäre ja mehr als peinlich und dann könnte er sich wirklich nirgendwo mehr blicken lassen.

Winfried beschloss, in die Küche zu gehen, um sich etwas zu trinken zu holen. Also schlüpfte er in seine Hausschuhe, die ordentlich vor seinem Bett standen, zog sich seinen Bademantel an, wobei es sich nicht um seinen, sondern um den rosafarbenen Morgenmantel seiner Frau handelte. Diese Verwechslung war der Hektik seines Aufbruchs geschuldet, redete er sich ein und verließ sein Schlafzimmer.

Leise öffnete er die Tür zum Flur, um zu kontrollieren, dass er so, wie er angezogen war, niemandem über den Weg laufen würde.

Es war still. Totale Ruhe.

Er betrat den Flur, und nur eine Art Notbeleuchtung schimmerte spärlich von den Wänden.

Er ging Richtung Kühlschrank, zog die Tür auf und in hellem Licht stand dort eine große Auswahl an Getränken.

Zu groß für Winfried und so beschloss er, sich ein Glas vom Buffet zu nehmen und es mit Leitungswasser zu füllen.

Das erste Glas kippte er auf ex hinunter, mit dem zweiten wendete er sich wieder in Richtung Schlafgemach und schlich leise zurück, legte sich ins Bett und schlief den Rest der Nacht ohne weitere Abenteuer bestehen zu müssen.

Er dachte noch darüber nach, ob sein berufliches Leben wirklich so aufregend gewesen war, wie in seinem Traum, kam aber zu keiner aussagekräftigen Antwort für sich.

Der Morgen beginnt überall auf der Welt gleich.

Augen, die sich öffnen, müde Körperglieder, die sich ihren Weg aus der Wärme des Bettes suchen und überall Zungen, die den Geschmack der letzten, verträumten Nacht kosten.

Doch nirgendwo auf der Welt, außer hier im Norden, liegt dieser frische Geruch eines Neuanfangs in der Luft.

Vielleicht ist es das, was diesen Landstrich so außerordentlich und besonders macht oder eben die Demut, mit der man hier aufwächst. Nicht im religiösen Sinn, sondern im naturalistischen.

Man ist abhängig von Ebbe und Flut, richtet sich und sein Leben darauf ein, lebt gemeinsam mit und durch die Natur in einem der größten Naturschutzgebiete der Welt und einem UNESCO-Welterbe.

Das kann man ja nicht einfach so verlottern lassen.

Diese Einstellung teilen zwar nicht alle Menschen, aber die haben auch noch nie einen Sonnenaufgang bei auflaufendem Wasser gesehen, wenn sich die Sonne nicht entscheiden kann, ob sie auf das Wasser oder das feuchte Watt scheinen soll.

Das Licht bricht sich in unendlich vielen Farben, spiegelt sich dort, und die ersten warmen Sonnenstrahlen wandern langsam über den Strand.

Irgendwann schlägt die erste Welle ans Ufer, die Möwen sitzen im Sand und schauen still dem Treiben der Natur zu.

Die Schafe auf den Deichen heben ihre Köpfe und ganz langsam, zieht das Leben von hier draußen vom Meer an den Strand, um von dort aus weiter in die Stadt zu gelangen.

Vielleicht auf einen Kaffee am Hafen.

Wer weiß das schon so genau.

Bei Steffen Heller begann der Tag mit Kopfschmerzen. Er war es gewohnt. Ein Zustand, mit dem er seit drei Monaten lebte. Ob er sich nun hatte volllaufen lassen oder nicht, immer dröhnte sein Schädel.

Er hatte die unterschiedlichsten Ärzte um Rat gefragt, selbst Psychoheinies, aber niemand konnte ihm weiterhelfen, einen körperlichen Grund zu finden oder ihm Linderung verschaffen. Deswegen lebte er damit, akzeptierte es und hatte sich daran gewöhnt.

Schlimmer konnte dieses Wummern in seinem Oberstübchen

das Erwachen und sein Leben nicht machen.
Er stand auf, ging an Suzi Quatro vorbei direkt ins Badezimmer und ließ eiskaltes Wasser über seinen Kopf laufen.

Als er aus dem Haus seiner Mutter trat, musste er die Augen zusammenkneifen, denn die Morgensonne am Himmel stach ihm direkt in die Augen.

Er musste erst den Zwergendienstwagen holen und dann in die Dienststelle fahren.

Es war kein guter Tag für die Suche nach Mördern, aber welcher Tag war das schon, und irgendjemand erwartete es auch von ihm.

Wenn nicht der Getötete, dann doch jedenfalls die Hinterbleibenden.

Er marschierte los, durch diese kleine, sonnenbeschienene Stadt am Meer, die entgegen aller literarischen Behauptungen an diesem Morgen, wieder einmal alles andere als grau war.

Er konnte die Verneinung eines Autos schon von weitem erkennen.

Selbst der alte, rostige Käfer der davor Stand wirkte gegen den Fiat wie ein SUV.

Er faltete sich in der Mitte zusammen und setze sich hinter das Lenkrad.

Der Rasenmähermotor surrte, und die kleine Kiste nahm langsam Fahrt auf.

„Ab in die Kaserne", sagte er leise vor sich hin und gab Gas, so gut es mit dieser Kiste eben ging.

Im Büro angekommen saß Sabine wieder gebeugt über den verschiedenen Fotos, als hätte sie gerade erst vor ein paar Minuten angerufen.

„Moin Sabine", krächzte Heller. Kein Wunder, dass seine Stimme sich so anhörte, hatte er doch die gesamte Fahrt über, die Abgase inhaliert und zu seinem Glück fuhr das Ding nicht mit Helium.

„Moin Steffen", antwortete sie und hob ihren Kopf.

„Entschuldige, dass ich den Tag gestern nicht mehr auf dem Schirm hatte. Kommt nicht wieder vor."

„Schon gut, kein Problem. Sag mal, gibt´s hier irgendwo Kaffee?"

„Klar, drüben im Büro, noch immer am selben Platz und noch immer die Alte Maschine", gab Sabine ebenso müde zurück. „Tassen, Milch und Zucker stehen da auch."

Heller machte sich auf den Weg in Richtung Kaffeemaschine, begrüßte die anderen Kollegen und kehrte mit eine gefüllten Tasse lauwarmem, schwarzen Kaffees ins Büro zurück.

Er nahm wieder auf dem Stuhl auf der gegenüberliegenden Seite von Sabine Platz und beobachtete, wie ihr Augen zwischen den Fotos und dem Bildschirm ihres Computers hin- und herwanderten.

„Irgendetwas Auffälliges, Frau Kommissarin?", fragte er.

Ohne ihn auch nur eines Blickes zu würdigen, winkte sie ab, stutzte und legte ihren Zeigefinger auf ihren Mund. Sie verglich Tatortfotos. Die hatte sie sich zwar schon tagelang angeschaut, ohne Heller auch nur einmal zu fragen, ob ihm eventuell etwas merkwürdig vorkommen würde, aber nun gut.

So war sie eben. Schon immer gewesen und außerdem war sie hier der Boss. Wenn sie etwas von ihm wissen wollen würde oder seinen Rat brauchte, würde sie es ihm schon sagen.

Seine Augen wanderten, dachte er jedenfalls, unauffällig durch den Raum.

Weiß gestrichen, mit modernen Möbeln eingerichtet und ein

paar größeren Pflanzen.

Die Sonne schien durch das Fenster und es machte so gar nicht den Eindruck, als würde er sich hier in einer Polizeiwache befinden.

Sabine zuckte zusammen.

„Komm mal bitte her, Steffen und sieh dir das hier an", flüsterte sie, als wolle sie den fotografierten Menschen keine Vorwarnung und damit eine Möglichkeit zur Flucht geben.

Heller rollte mit dem Schreibtischstuhl über den Holzfußboden einmal um den Tisch herum und parkte direkt neben seiner Chefin.

„Was gibt´s?", erkundigte er sich.

„Schau mal hier, dieses Foto. Die ganze Familie, alle aufgereiht vor dem Auto. Das ist sein Oldtimer. Sieht jedenfalls so aus, aber, das Nummernschild stimmt nicht und hier an der Seite, der weiße, dünne Streifen, auch der ist auf seinem Auto nicht vorhanden."

Beide steckten ihre Köpfe zusammen und durchbohrten die obere Schicht des Fotos mit ihren Blicken.

„Aber vielleicht gehörte dem Pingel zu dieser Zeit der Wagen noch gar nicht", vermutete Steffen.

„Den hat er sich von seiner ersten Bonuszahlung geleistet, lange bevor er nach Schobüll gezogen ist", gab Sabine zurück.

„Dann sollten wir diese Fragen mal mit Drau Pingel besprechen, denkst Du nicht?"

„Naja, so schnell schießen die Preußen ja auch nicht mein Lieber. Ich hab die Nummer gerade zur Überprüfung an die Kollegen geschickt und wenn die sich melden, dann schauen wir mal weiter.

Ich habe hier nach ein paar ältere Akten über die Geschäfte von Herrn Pingel, wenn du die mal bitte durchgehst und schaust, ob dir was auffällt."

Sie schob Heller einen Stapel Aktenordner vor die Nase, die alle schon ein bisschen älter und leicht muffig rochen.

Er verdrehte die Augen.

„Ja gut, dann mach ich mich da mal ran", sage er mit deutlich vernehmbarem Widerwillen, was seine Chefin nicht sonderlich zu interessieren schien.

Jedenfalls ließ sie es sich nicht anmerken.

Er schnappte sich seine in Papier geformte Aufgabe und verzog sich an den hinteren Schreibtisch, der ihm vor ein paar Tagen dort hingestellt worden war und auf dem nichts anderes stand, als ein alter Kaktus.

Er legte den Ordnerstapel auf die alte und ausgeblichene Oberfläche des Tisches und zog sich den Schreibtischstuhl in Position.

Er schlug den ersten Ordner auf und begann zu lesen.

Zahlen, nichts als Zahlen.

Da stand er ja nun richtig drauf.

Er war Kriminalbeamter kein Statistiker oder Mathematiklehrer, aber gut. Ab jetzt und diesem Zeitpunkt konnte es einfach nur noch besser werden, und diese Aussicht hatte fast eine beflügelnde Auswirkung auf ihn.

Zeile für Zeile wanderten seine Augen konzentriert von Wort zu Wort und Zahlenkombination zur Zahlenkombination.

Langweiliger war für ihn nur ein Fußballspiel vom 1.FC Bayern München.

Bundesliga vermied er soweit es ging und das hätte er mit dieser Aufgabe hier auch gerne getan.

Er arbeitete sich Zeile für Zeile durch die Seiten, trank nebenher diesen geschmacklosen Kaffee und hob ab und zu seinen Blick, um zu sehen, was Sabine da hinten an ihrem

Schreibtisch tat.

Zu seiner höchsten Verwunderung war auch sie mit ihrer Nase in irgendwelche Akten gefallen.

Da war er dann ja mit diesem Praktikantenjob nicht alleine.

Die Zeit verging, und er blätterte und blätterte und las und markierte.

Ja, er markierte und machte sich Notizen auf einem anderen Zettel, denn manche Dinge schienen auffällig, oder er erkannte den Zusammenhang nicht.

Auf jeden Fall müsste man über diese Stellen noch reden.

Als er so vertieft in den staubigen Aktennotizen vor sich hinein las, stand auf einen Schlag Sabine an seinem Schreibtisch.

Wie eine Katze musste sie sich angeschlichen haben.

Das lernt man hier an der Küste, wenn man Ureinwohner ist und öfter mal Fische mit der bloßen Hand gefangen hat.

Gelernt ist gelernt.

Er sah auf.

Sabine hatte sich ihre Jacke angezogen.

War schon Feierabend?

Heller schaute auf die Uhr.

Noch nicht mal Mittag.

„Steffen, ich bin kurz weg. Ich hab einen Termin. Ich hoffe, dass ich in einer Stunde wieder hier bin."

Bevor Heller fragen, oder antworten konnte, war sie schon durch die Glastür und den großen Vorraum verschwunden.

„Dann eben alleine", maulte er vor sich hin, „und wenn sich hier jemand einbildet, dass es noch einen Dümmeren gibt, als mich hier, dann hat er sich aber geschnitten. Also auf jetzt. Ran an die Arbeit."

Ab und zu musste man sich ja einfach irgendwie motivieren.

Nach einer Stunde stand er auf, schaute auf die auf dem Tisch liegende geöffnete Akte, stieß ein lautes: „Ha" aus, drehte sich um und verließ den Raum.

Er wollte eine Zigarette rauchen, um das, was er entdeckt hatte, zu überdenken.

Er war nicht gut in der Durchsicht und dem Verstehen von Finanzunterlagen.

Wenn er so etwas gewollt hätte, wäre er jetzt Finanzbeamter, war er aber nicht.

Im fiel sofort der richtige Name ein, um Licht in sein Dunkel zu bringen, aber er konnte Butzen-Bernd unmöglich kontaktieren, da der ja selbst im Kreise der Verdächtigen weilte.

Erstmal eine rauchen und dann weiter schauen.

Die Zigarette schmeckte, als wäre es seine erste.

Kein Wunder, genau hier, hatte er vor Jahren seine Ausbildung begonnen und wie es sich gehörte eben auch mit dem Rauchen angefangen. Und bei der Aufgabe, die er gerade bewältigte, fühlte er sich, als sei er wieder in seine Ausbildungszeit zurückversetzt worden.

Nur eben ohne diese kackbraunen Hosen.

Mann, hatte die scheiße ausgesehen. Und dann noch mit dem Schlag und den Schuhen, die aus jedem Fuß einen Klumpfuß machen.

Als er diese Klamotten dann endlich ablegen durfte, da seine Ausbildung zum Dorfpolizisten beendet war, hatte er sich drei Tage lang durch permanente Alkoholzuführung ernährt.

Dann kam das Studium in Kiel und die Stelle in Hamburg.

Ehe, Kinder, Haus, Scheidung – alles im grünen Bereich, na ja fast eben.

Disziplinarverfahren, Suspendierung, Versetzung; das war dann schon nicht mehr so ganz klasse.

Eher suboptimal.

Aber wie er es immer in seinem Leben getan hatte, auch mit die Entscheidung seines Dienstherren hatte er sich abgefunden.

Aus dem Mann, der sich früher solchen Entscheidungen in den Weg gestellt hatte, war ein kleiner, duckmäuseriger Beamtenarsch geworden.

Hatte das der Job mit ihm gemacht, oder hatte er einfach aufgegeben?

Er drückte die Zigarette aus und kehrte zurück an seinen Schreibtisch, zu den Akten, die da immer noch rumlagen.

Er klemmte sich wieder hinter den Schreibtisch und gab sich jede erdenkliche Mühe, sich selbst vorzuspielen, dass er gesteigertes Interesse an dem hätte, was er da las.

Bis jetzt hatte er nur einen Namen entdeckt, der vielleicht ein bisschen Licht in das Dunkel bringen konnte, doch vor irgendeiner Aktion seinerseits, musste er das mit Sabine absprechen.

Sie war hier sein Chef.

Weisungsbefugt.

Übergeordnet.

„So ein Mist", flüsterte er.

Er verbracht die nächsten Stunden damit, sich durch die Seiten zu arbeiten, vergaß darüber sogar seine Raucherei, und als er mal wieder auf seine Uhr schaute, zeigte diese sehr deutlich, dass er Feierabend hatte.

Er schloss die Akte, knipste die Schreibtischlampe aus, griff sich im Gehen seine Jacke und verließ die Polizeiwache.

Er zog den Autoschlüssel aus seiner Tasche und machte sich auf den Weg zum Parkplatz.

Er wog immer noch das Für und Wider einer ungenehmigten Aktion ab.

Aber konnte es überhaupt noch schlimmer kommen als jetzt? Was sollten sie denn mit ihm machen?

O.k., schlimmer wäre, als Norddeutscher Streife in München zu laufen und nur noch Parksünder aufzuschreiben, bis ans Ende seiner Tage. Aber da er sich das beim besten Willen nicht vorstellen konnte, zwängte er sich in das kleine Auto, drehte den Schlüssel und startete den Rasenmähermotor.

Als sich die Schüssel langsam in Bewegung setzte, hatte Heller immer noch keinen Entschluss, bezüglich seines Vorhabens gefasst.

Erst als es darum ging, entweder links nach Hause oder rechts zum Vorhaben abzubiegen, setzte er den Blinker rechts und fuhr Richtung stadtauswärts.

Langsam dämmerte es, und er schaltete das Licht ein. In dem Moment, als die Scheinwerfer ihr spärliches Licht auf die Straße vor ihn warfen, begann der linke Scheibenwischer über die Frontscheibe zu kratzen.

Langsam und stakkatohaft schabte er über die trockene Scheibe und ließ sich nur dadurch ausschalten, dass Heller das Licht ausschaltete.

Da der Scheibenwischen kolossal nervte, es noch nicht ganz so dunkel war und Heller diese Strecke gut kannte, entschloss er sich für Ruhe im Cockpit und schaltete die beiden Funzeln aus, die ohnehin nur ein diffuses Licht in die Dämmerung von ihn warfen.

Also knatterte er mit dem kleinen Italiener die Landstraße lang und näherte sich langsam seinem Ziel.

Er bog links auf einen Kiesparkplatz.

Lange her, dass er hier war.

Schlimme Zeiten.

Zu viel Alkohol, zu viel Prügeleien und zu wenig Dinge geregelt und zu Ende gebracht.

Da war er jetzt schon ein Stück weiter.

Wieso er diese Gedanken hatte?

Am Ende des Parkplatzes stand ein Bretterschuppen und in diesem Holzverhau hatte er manche Nacht verbracht, ermittlungstechnische Informationen gesammelt.

So hatte er diese Nächte vor sich selbst entschuldigt.

Klar, gab es den ein oder anderen Hinweis, aber wirkliche Fahndungserfolge waren dadurch nie zustande gekommen.

Aber in der Akte war eben ein Name aufgetaucht, den er von hier kannte.

Kante.

Kante war 1.90 Meter groß, Bodybuilder, über und über tätowiert, er war wahrscheinlich schon so auf die Welt gekommen und er hatte seine Finger in so vielen schmutzigen Geschäften, dass er eigentlich immer wusste, wer was, wann und wo getan oder geplant hatte.

Das Einzige, was einem entspannten Gespräch im Wege stehen konnte war, dass Steffen ihn für fünf Jahre in den Bau geschickt hatte.

Ohne Bewährung.

Das kann einer Freundschaft schon mal den einen oder anderen negativen Richtungswechsel verleihen.

Heller stieg aus dem Auto und ging langsam, Schritt für Schritt über den knirschenden Kies auf die Bretterbude zu.

Die Musik dröhnte von innen und die Songs, die er hörte, ließen nur darauf schließen, dass sich hier nichts geändert hatte.

Er trat entschlossen auf die Tür zu, umfasste den Türknauf und zog die zusammengezimmerte und wackelige Tür auf.

Ein abgedunkelter Raum, mit kleinen Lampen auf den Tischen,

die ihr Licht verzweifelt versuchten durch diese dicke, verrauchte, ja fast breiige Luft zu drücken.

Ein Mann saß an der Bar, vier weitere verteilt an den Tischen im hinteren Bereich dieses Holzbunkers.

Und da trat der Mann, dem dieses Schloss gehörte hinterm Tresen hervor.

Severin Klausen.

Niemand wusste, wo er genau herkam, niemand kannte sein Alter oder seine richtige Adresse.

Vom einen auf den anderen Tag stand dieser Hühnerstall auf dem Parkplatz, war erst ein Treff für durchfahrende Biker gewesen, doch Severin hatte eine etwas kompliziertere Innenstruktur und diese machte es ihm fast fortwährend unmöglich, freundlich zu sein, und so hatte er sich selbst mit den hartgesottendsten Bikern verscherzt.

Seit Jahren kamen nur noch vier Stammgäste, und es konnte eben passieren, dass sich Touristen hierher verirrten.

Das geschah einfach sehr selten.

Klausen, trat von hinten an den Tresen und lehnte sich weit nach vorne.

Er grinste Steffen Heller an und zischte ihm durch die laute Musik hörbar zu:

„Komm rein und mach die Tür zu, du Lappen, oder hast du zu Hause Säcke vor den Türen?"

Heller betrat diese Mischung aus Garage, Holzhütte und Bootsschuppen und ging direkt an den Tresen.

Klausen deutet auf einen Barhocker, auf dem er offensichtlich Platz nehmen sollte, doch Heller bewegte sich schwungvoll um den Tresen herum und blieb unmittelbar vor dem Besitzer stehen.

Er musste seinen Kopf ein wenig nach hinten legen, um ihm in die Augen schauen zu können, denn in derartigen Situationen, machte sich der Parkplatzriese noch ein Stückchen größer.

„Was willst du Heller? Hier ist niemand mehr, der dir was erzählt, außer, dass Du besser nach Hause gehen solltest, zu Mama, bevor er kommt.

Wer mit er gemeint war, war Heller ohne langes Nachdenken klar, aber eben genau ihn wollte Heller treffen, deswegen lächelte er sein Gegenüber an und sagte:

„Pass mal auf, Parkplatzwächter, du gibst mir jetzt ein Bier aus der Flasche, und ich warte hier auf Kante und weil ich weiß, dass du mit ihm telefonierst, sag ihm gleich, dass ich ab heute jeden Abend hier sein werde und auf ihn warte. Kapiert?"

Klausen wollte Luft holen und irgendetwas erwidern und Heller zog den Fleischberg nur an sich ran und flüsterte in sein Ohr:

„Ob du das verstanden hast, will ich wissen."

Der Koloss stieß sich von ihm ab und nickte mit dem Kopf, wohlwissend, was ihm blühen könnte, wenn Heller hier jeden Abend auftauchen würde.

Eben der Verlust der letzten vier Stammgäste, und das wollte er nun wirklich nicht riskieren.

Eins muss man über Klausen wissen.

Er lispelt und das aus folgendem Grund.

Durch seinen Körperbau fühlt er sich selbstverständlich unangreifbar, aber was nützt einem ein Gebirge, wenn es sich zu langsam bewegt. Vor Jahren war der Riese in eine Schlägerei verwickelt gewesen und Heller hatte ihn von den drei Kerlen befreit, die seinen Körper und sein Gesicht malträtiert hatten.

Zurückgeblieben waren zwei abgebrochene Schneidezähne und eine aus Dankbarkeit resultierende Freundschaft, allein deswegen versuchte Klausen gar nicht, nur den kleinsten Aufstand zu machen.

Heller ging um den Tresen herum, setze sich auf einen der leeren Barhocker und drehte sich auf ihm Richtung Innenraum. Er hob seine geöffnete Hand und ohne ein Wort landete ein geöffnetes Bier darin.

„Geht doch", dachte er und grinste.

Heller saß wie ein Bussard auf seinem Hochsitz und beobachtete alles, was sich auf den wenigen Quadratmetern abspielte.

Doch alle saßen nur hier, dröhnten sich mit lauter Musik und Bier zu.

Niemand machte Anstalten, irgendetwas zu tun oder zu sagen, was irgendwie auffällig gewesen wäre.

Nach drei Stunden und viel zu viel Mineralwasser, wendete sich Heller wieder Klausen zu, der wie ein Wellenbrecher, stoisch hinter dem Tresen stand.

Er bezahlte, nickte dem Fleischberg zum Abschluss zu und ging in Richtung Tür.

Er drückte sie auf, machte einen Schritt nach vorne und atmete tief ein.

Frische Luft.

„Hey Heller", kam es aus einer altbekannten und versoffenen Kehle.

Er dreht sich um und das Letzte was er sah, war ein Vierkantholz, das in Höhe seiner Stirn auf ihn zuraste und ihm die Lichter ausknipste.

Schnelle Dunkelheit und ein „Scheiße" waren der Abschluss.

„Hey, Steffen", war das Erste was er hörte, als er wieder zu sich kam.

Er öffnete die Augen und lag auf einer Trage in einem Notarztwagen.

Sabine schaute ihn an und streichelte vorsichtig seinen Kopf.

„Wie kommst Du denn hierher?", krächzte Heller.

„Du hältst uns hier alle für total plemplem, oder? Die Akte, deine Notizen und dann die Jahre, die wir uns kennen. Mir war sofort klar, wo Du hinwolltest, außerdem hat Klausen mich informiert, dass Du hier vor seinem Laden liegst."

Jetzt lächelte sie und fügte hinzu, „außerdem hat er den Kerl mit dem Kantholz erwischt. Der ist auf dem Weg ins Krankenhaus, weil Klausen ihn erwischt hat. Der wird morgen zu uns auf die Wache gebracht und dann sehen wir weiter. Was hast du dir dabei gedacht, das hier als Solonummer abzuziehen. Die Aussichten, dass es so enden würde, lagen doch nah."

„Gibt´s hier irgendwas zu trinken?" fragte Heller.

„Ein Bier vielleicht?", kam es sarkastisch aus Sabines Mund. Sie reichte ihm eine Plastikflasche mit Mineralwasser, und er trank die auf ex aus.

War ja doch noch etwas los hier im Hinterland, und vergessen hatte man ihn offensichtlich auch nicht, auch, wenn er sich eine etwas freundlichere Begrüßung gewünscht hätte.

Später fuhr er auf eigene Gefahr mit dem quietschenden Fiat nach Hause. Der linke Scheibenwischer kratze wieder über das Glas und der Nieselregen hatte sich gelegt.

Heller hatte Kopfschmerzen und wollte nur ins Bett.

Ein letzter Blick in Mrs Quatros Augen und dann fiel er auf sein

Bett und schlief ohne Verzögerung ein.

Was für ein Scheißtag.

Der Morgen begann für die alte Frau Heller gemütlich auf dem Balkon.

Mit einer Tasse Kaffee und der Tageszeitung.

Was ihr Sohn gemacht hatte, wusste sie nicht.

Ging sie ja auch nichts an und wenn irgendetwas nicht stimmen würde, dann war er auch alt genug, um sich zu melden.

Er war ja nur Gast, wenn man es so ausdrücken wollte. Sie ging nicht davon aus, dass Steffen Heller hier länger wohnen würde. Ein erwachsener Mann, der wieder bei seiner Mutter einzieht. Ihr war es nicht egal, doch sie kannte ihren Sohn und seine inneren Grabenkämpfe.

In der Zeitung stand, dass die AfD wieder irgendeine Spinnerei forderte und nicht einmal den Antrag dazu richtig formuliert hatte. Dadurch wurde dieser abgewiesen und jetzt klagten diese Wattwurmärsche und wollten es auf Kosten der Steuerzahler durchsetzen, denen sie doch eigentlich mal ganz andere Dinge versprochen hatten.

„Nazis eben. Dumm wie Brot und hohl wie ein Schluck Wasser", dachte sie, schüttelte den Kopf und trank einen Schluck Kaffee.

Sie konnte den Gedanken nicht ertragen, dass braunbeseelte Menschen wieder durch dieses Land liefen.

Nichts hatte dieses Volk aus der eigenen Geschichte gelernt und wenn nicht aus der eigenen Geschichte, woraus denn dann?

Sie legte die Zeitung auf den Tisch, schloss die Augen und genoss den Wind und die Sonne.

Die Faschisten würden rechtzeitig genug gebremst werden, darauf vertraute sie.

Steffen Heller unterdessen rollte sich mit Kopfschmerzen aus seinem Bett und trat, nicht sehr hoffnungsvoll, vor den Badezimmerspiegel.

Wie hieß es noch so schon in „Bolle reiste jüngst zu Pfingsten?

„Das eine Auge fehlte, das andre massakriert, aber dennoch hat sich Bolle ganz kräftig amüsiert."

Sein Gesicht sah aus, wie frisch aus dieser Volksliedstrophe herausgefallen, nur dass er noch beide Augen hatte, wobei das linke fast vollständig zugeschwollen war.

Er kippte sich kaltes Wasser in´s Gesicht, soweit es die Prellungen eben zuließen, dann zog er sich an und verließ das Haus.

Er ging zu Fuß.

Seine kleine, ungeliebte Heimatstadt war an diesem Morgen in warmes Sonnenlicht getaucht, überall, wo ihm Menschen entgegenkamen, hörte er ein freundliches „Moin".

Schon merkwürdig, wie leicht man solche kleinen Dinge vergisst, wenn man sie lange genug nicht mehr hört.

Er ging die Straße runter und auf der linken Seite kam eine kleine Bäckerei.

Da hatte er schon als Kind die Sonntagsbrötchen abgeholt.

Ob da auch immer noch die gleiche Verkäuferin stand?

Hatte sich ja sonst auch nicht viel verändert.

Er betrat die Bäckerei und entgegen seiner Erwartungen stand dort nicht die alte Backwarenfachverkäuferin, sondern eine junge, lächelnde Frau, die sich nicht einmal wegen seiner Optik aus dem Konzept bringen ließ.

Ein gutgelauntes und fast gesungenes „Moin" kam aus ihrem schmalen Mund mit den spröden Lippen, „was kann ich für sie tun?"

Heller war wie zum zweiten Mal vor den Kopf geschlagen und er stammelte nur irgendetwas mit belegten Brötchen und Käse.

„Mach ich ihnen fertig, einen kleinen Augenblick bitte", sang die Tresenkraft fröhlich weiter und verschwand hinter einem Vorhang.

Steffen Heller konnte hören, wie sie zwei Brötchen aufschnitt und während sie es wahrscheinlich belegte, in aller Seelenruhe vor sich hin pfiff.

Sollte das Leben hier wirklich so viel besser sein?

Grüßende Menschen am Morgen und fröhlich pfeifende Bäckereifachkräfte?

Er traute dem Frieden nicht.

Irgendwo, hinter irgendeiner Ecke, musste der Ärger warten, um ihm ein Bein zu stellen.

Das war immer so.

Das kannte er gar nicht anders.

Und er war ja auch nicht alleine mit derartigen Erfahrungen.

Er stand gedankenverloren vor der Verkaufsbarriere, als sein Blick auf ein Foto fiel.

Da war sie.

Die Bäckereifrau seiner Kindheit und da drunter stand, dass sie vor 3 Jahren verstorben war.

102 Jahre alt war sie geworden.

Respekt.

Er bemerkt nicht, dass die junge Verkäuferin mit seinen Brötchen wieder hinter dem Tresen stand.

„Haben sie meine Mutter gekannt?", fragte die junge Frau?

„Das habe ich. Als Kind bin ich jeden Sonntag hier gewesen und habe die Brötchen abgeholt. Beachtliches Alter, das ihre

Mutter erreicht hat", antwortete Heller etwas wehmütig. „Allerdings", kam die Antwort aus dem fröhlichen Mund, „und sie hat bis zum Schluss alles mitbekommen, jeden Namen gewusst und alle Zusammenhänge gekannt. Entschuldigen sie, ich rede wieder zu viel. Macht 1,20€ bitte."
Heller bezahlte und verließ reizüberflutet und ein bisschen nachdenklich die Bäckerei.

Wenn man es ganz nüchtern betrachtete, war seine Mutter auch nicht mehr die Jüngste und das Durchschnittsalter für Frauen lag in Deutschland bei 83 Jahren. Sie war noch fit, war jeden Tag unterwegs, las viel und machte sogar Sport, soweit es ihr, in ihrem Alter möglich war, aber so einen magischen Durchschnittswert konnte man ja kaum außer Acht lassen.

Sollte er jetzt schon mal langsam beginnen, sich von seiner Mutter zu verabschieden.

Nein, nicht verbal.

Wäre ja noch schöner: „Mutti, du bist jetzt über 80, das Durchschnittssterbealter in unserem Land liegt bei 83,6. Da bist du wohl bald dran. Ich wollte dir nur sagen, ich hab dich immer liebgehabt und du wirst mir fehlen."

Bei aller Liebe zur Ehrlichkeit und einer nüchternen Betrachtung der Sachlage, die Empathie durfte nicht auf der Strecke bleiben und wenn er ganz ehrlich zu sich war, musste er auch zugeben, dass er sich dagegen wehrte, derartige Gedankenspiele zu führen.

Mit Kaffee und Brötchen bewaffnet und tief in seinen Gedanken versunken, hatte ihn sein inneres Verkehrsleitsystem direkt vor die Wache und zum Stehen gebracht.

„Ein neuer erfrischender Tag", murmelte er in sich hinein und betrat seinen Arbeitsplatz.

Winfried Wümme öffnete, nach einer für ihn entspannten Nacht die Augen und drehte seinen Kopf Richtung Fenster.

Schon wieder blauer Himmel und schönes Wetter.

Musste das denn wirklich sein?

Das verpflichtete einen ja dazu, sich hier in der Einöde herumzutreiben und wieder irgendwelchen, unbekannten Gefahren ausgesetzt zu sein.

Was ihn aber noch mehr beunruhigte, waren die Stimmen, die aus dem Vorgarten kamen.

Eher gesagt nur eine Stimme.

Es war die eines Kindes.

Eines kleinen Kindes.

Eines kleinen, lauten Kindes.

Eines redenden und fragestellenden Kindes.

Es gab ja einige Dinge auf dieser Welt, die er nicht verstand.

Wie Abneigung gegen Karneval, Menschen die kein Kölsch tranken oder eben einfach Düsseldorf.

Redende Kinder jedoch gehörten einer anderen Kategorie an.

Man gab ihnen eine Antwort auf eine ihrer Fragen, und sie bildeten in ihren kleinen Köpfen neue Fragen aus den eben erlangten Informationen und wenn es eben nur ein plärrendes: „Warum?" war.

Mit einem leisen Stöhnen dreht er sich im Bett, setzte seine Füße auf den kalten Boden und verschwand unter der Dusche, vielleicht würde das Kind ja in der Zwischenzeit verschwinden.

Hier im Norden sollte es ja unerwartete Winde geben.

Nach der morgendlichen Körperpflege verließ er das Badezimmer und stellte, zurück im Gästezimmer, seine Ohren auf.

Keine Geräusche.

Keine Stimmen und was noch viel wichtiger war, keine

Kinderstimmen.

Sein Tag konnte also beginnen, und so stapfte er durch den Flur und die Küche, nicht ohne sich einen Kaffee zu nehmen, in der freudigen Erwartung, ein wenig auf der Bank unter dem Baum zu sitzen und niemandem eine Antwort geben zu müssen.

Reden war ja nun grundsätzlich nicht seine Stärke, hatte seine Frau immer gesagt, aber um diese Zeit, in diesem Landstrich und dann noch mit Kindern? Nein!

Er trat durch die Haustür in´s Freie, in diesen ruhigen Garten und als ob sein Leben nicht schon schlimm genug gewesen wäre, passierte das, wovor er sich immer zu schützen versuchte.

Er wurde angesprochen und das nicht von Herrn oder Frau Hinrichs, nein, sondern von einem Kind ein kleines Mädchen.

„Ich bin Paula", kam es ungefragt aus ihrem Mund.

Winfried war so perplex, dass er, als er mit seiner Kaffeetasse an ihr vorbeistolperte nur ein:

„Wümme, Winfried Wümme," herausbrachte.

Das kleine Mädchen verschränkte die Arme vor ihrer Brust, legte ihren kleine Kopf schief und kniff die Augen zusammen. Offensichtlich bereitete sie die nächste Frage in ihrem Köpfchen vor. Winfried war auf alles gefasst.

„Ich hatte mal ein Meerschweinchen, das hieß auch Winfried", sagte sie leise und durch die Erinnerungen an ihr Haustier, wurde ihre Stimme ein wenig traurig.

Klasse, jetzt wurde er schon auf eine Stufe mit Kleintieren gestellt, die nichts anderes konnten als fressen und kacken, denen man den Stall sauber machen musste, weil sie auch dazu nicht in der Lage waren.

Schlagartig kam ihm das Bild seiner Wohnung in den Kopf und wie er sie verlassen hatte.

Nach seiner Ein-Mann-Dreitagesparty, hatte er nicht aufgeräumt. Die Bierflaschen mussten immer noch im Wohnzimmer auf dem Tisch stehen und Staub gesaugt hatte er auch nicht.

Stattdessen hatte er in seiner einsamen Feierlaune darüber spekuliert, wer den Mist wegräumt.

Eine Putzfrau hatte er nicht, noch nicht und seine Frau war, aus für ihn völlig unerfindlichen Gründen, ausgezogen.

Also hatte er doch ein bisschen was von dem Meerschweinchen.

Aber wirklich nur im übertragenen Sinne und nicht viel.

Paula war inzwischen aufgestanden und hatte sich auf den Stuhl neben ihn gesetzt, der viel zu groß für sie war.

Ihre kleinen Beine ragten über die Sitzfläche.

Auf ihrem T-Shirt stand:" Watt is´ schön", als Hintergrundbild ein Foto von irgendeinem Strand, den er nicht kannte.

Sollte das witzig sein?

Er konnte es nicht verstehen.

„Hast du auch Haustiere?", fragte Paula ihn.

„Nein", antwortete er, „da habe ich keine Zeit für."

„Das tut mir leid für dich", gab Paula in einem resignierenden Ton als Antwort, „und wo ist deine Frau?"

Das wurde hier ja gerade immer besser. Erst der Vergleich mit einem Tier und dann wollte die Kleine ihn jetzt auch noch ausfragen. Genau das war es, was Winfried an Kindern nicht mochte. Dieses befreite Denken. Befreit von jeglicher Schamgrenze und eben immer eine mehr.

Immer eine neue Frage.

Er trank einen Schluck Kaffee und drehte sich zu Paula, die ihn erwartungsvoll ansah.

Er musste ihr eine Antwort geben, aus der keine weitere Frage zu bilden war.

Der Kleinen zu erzählen, dass seine Frau und er sich getrennt hatten, würde der jungen Dame nur weiteren Stoff bieten.

Er musste eine Aussage machen, die das Verhör hier beendete.

„Ich wollte jetzt einen Spaziergang auf dem Deich machen", sagte er siegessicher und wandte sich zum Verlassen des Gartens.

Kinder mochten keinen Spinat, keinen Rosenkohl und Spaziergänge noch viel weniger.

Das war also die sichere Flucht.

Als Winfried das Wort Spaziergang sagte, begann das kleine Mädchen zu strahlen. Die Kleine lächelte, verdrehte die Augen und warf den Kopf zurück. Sie schaute in den Himmel und schien irgendetwas zu suchen.

Winfried konnte sehen, wie die Augen des Mädchens über den ganzen Himmel wanderten, ihn Stück für Stück absuchten, wie Amerikaner nach einem Ufo, oder Bankangestellte nach Hoffnung.

Dann drehte sie ihren Kopf ganz vorsichtig wieder in Winfrieds Richtung und flüsterte:

„Darf ich mit?"

War ja klar. Das kleine Mädchen wollte mit.

Großes Kino.

Überlänge, Französisch und nicht synchronisiert.

Das wäre eher eine Aufgabe für seine Frau gewesen, aber jetzt musste er alleine damit zurechtkommen.

Das Kind wippte nervös auf der Sitzfläche und Winfried kam sich wieder einmal wie ein Getriebener vor, aber er hatte auch ein Herz für andere Menschen und so willigte er ein, dass Paula ihn begleiten könne.

Sie griff neben sich, zog einen gelben Sonnenhut hervor und setze ihn sich auf.

Winfried brachte seine Tasse in die Küche, stellte sie in den Geschirrspüler und dann gingen er und die fragende Paula gemeinsam, nebeneinander den schmalen Pfad hinterm Haus in Richtung Deich.

Die vielen Stufen die nach oben führten hatte Winfried schon bei seinem ersten Besuch gezählt.

Es waren 82 und drei davon waren defekt.

Paula brauchte ein wenig länger als Winfried, da die Stufen scheinbar nicht kindgerecht angelegt worden waren.

Also wartete er immer wieder auf die Kleine, bis sie neben ihm stand.

Dann standen sie auf der Deichkrone und zu Winfrieds Verwunderung, war das Meer ebenfalls anwesend.

Die Möwen kreisten in Ufernähe, die Wellen liefen ruhig und gleichmäßig auf den Strand.

Es lag eine, für ihn unbeschreibliche Ruhe in all dem, was er da sah.

Selbst Paula hatte aufgehört zu quaken.

Aus ihrem Mund kam nur ein leises: „Ist es nun nicht schön hier?"

Winfried spürte ein Zupfen an dem Hosenbund seiner Sommershorts, schaute herunter und sah eine kleine Kinderhand, die sich an ihm festhielt.

„Naja, wenn´s nur das ist", dachte er und ahnte nicht, wie sehr ihn dieser Moment schon verändert hatte.

In ihrer eigenen, ruhigen Welt saß Frau Heller immer noch auf dem Balkon, hatte sich ein kleine Kiste mit Notizzetteln und einen Block geholt, auf dem die Namen, der zu einladenden Personen stand. Es waren jetzt knappe 80 Gäste und diese Zahl würde ja auch passen.

Achtzig Gäste zu achtzigsten Geburtstag!

Sie überflog die Liste, um zu überprüfen, ob sie noch irgendjemand vergessen hatte.

Sie ging die Liste langsam durch und kam bei Winfried Wümme an. Der war mit Frau eingeladen und so, wie sie ihren Winnie kannte, hatte er ihr bestimmt nicht Bescheid gesagt, also markierte sie seinen Namen mit dem hübschen, pinken Marker, den sie bei ihrer letzten Untersuchung im Krankenhaus geschenkt bekommen hatte.

Ein tolles Geschenk.

Zwei Stunden warten, knappe zwei Stunden Tests, dann wieder warten und dann ein Ergebnis, das sie ohnehin erwartet hatte: Alles in Ordnung – „Und ihr Andenken an diese schönen Stunden bei und mit uns ist ein pinker Textmarker, bitteschön."

Naja, das Ding hatte ja nun auch einen Zweck und dieser Test im Krankenhaus auch und Zeit hatte sie auch genug.

Ihr fiel ein, dass Winfrieds Frau, sie hieß Marion, dass Marion ihr mal eine Handynummer gegeben hatte, falls irgendetwas sein sollte und diese Handynummer, musste irgendwo in der kleinen Schachtel sein.

Sie steckte ihre Finger in das Zettelchaos und durchsuchte sie.

„Ordnung ist das halbe Leben", lächelte sie irgendwann zufrieden und hatte das kleine Stück Papier mit der Nummer und einer kurzen Nachricht zwischen ihren Fingern.

Wenn du mal schnacken willst, ruf mich einfach an, Marion –
stand da und darunter die Nummer.
Sie schnappte sich ihr Festnetztelefon und wählte diese
scheinbar schier endlose Nummer.
Es klingelte.

Jan und Johann saßen auf ihrem Kutter, tranken Kaffee und
genossen die entspannte Stimmung, die über dem Hafen und
der Stadt lag. Selbst wenn hier viele Menschen unterwegs
waren, blieb die Lautstärke immer auf einem sehr begrenzten,
niedrigem Niveau.
Irgendwie packte es jeden, egal wo er oder sie herkam mit
einer gewissen Art von Ehrfurcht, ließ von ihnen die
Großstadthektik abfallen und sie in einen entspannten und
leisen Zustand fallen.
Es gab hier einfach weit und breit nichts, über das man sich
großartig aufregen konnte.
Klar, Idioten gab es hier auch, aber sie waren es doch einfach
nicht wert, dass man sich über sie lauthals empörte und damit
seinen eigenen Ruhepol verließ.
„Hast du schon irgendwas neues von dem Tütenmann
gehört?", fragte Jan.
Johann schaute in die Sonne und beobachtete ein paar Vögel,
die im Blau umeinander kreisen.
„Nö, von wem auch. Ich weiß nur, dass das der Pingel war,
mehr auch nicht", war die schmallippige Antwort.
„Dann warten wir mal ab", gab Jan nach einer kleinen Pause
zurück, „dass werden wir noch schnell genug erfahren."
Die beiden Männer genossen ihr kleines Eigentum auf dem
Wasser, das beruhigende, leichte auf und ab und das Wissen
um die Möglichkeit, jederzeit mit dem Schiff auszulaufen und

irgendwohin zu fahren.

Das konnten die Bayern beispielsweise nur auf Seen, oder mit dem Auto.

Da war das hier schon besser!

Das Leben zu genießen fiel hier irgendwie leichter, dachten die beiden Männer getrennt voneinander. Beide waren herumgekommen, hatten andere Länder und Städte gesehen, aber am Ende hatte es sie doch wieder hierher zurückgebracht, angespült sozusagen und es fiel ihnen nicht schwer das zu akzeptieren, hier noch älter zu werden, als sie ja ohnehin schon waren.

Was war schon das Alter?

Zeit, einfach nur Zeit.

Und von der Zeit, lag da draußen im Watt genug herum.

Heller hatte das Polizeigebäude betreten und schlängelte sich zwischen den drei Schreibtischen im Vorraum hindurch, unsicher, weil auf einem Auge sehr eingeschränkt in Richtung Sabines Büro.

Sie saß sichtlich übermüdet an ihrem Tisch, hatte eine ganze Kanne Kaffee neben sich stehen und schaute ihn über den Rand ihrer eckigen Lesebrille an.

„Moin Steffen, schön dass du hier bist, aber dir ist klar, dass du auch hättest zu Hause bleiben können, oder?"

„Ich will den Mistkerl sprechen, der mir das hier verpasst hat."

„Gemach, gemach lieber Kollege", lachte Sabine und lehnte sich in ihrem Stuhl zurück, „wir haben ihn gestern Abend noch vernommen und es kam raus, dass er Autohändler ist, mit guten Verbindungen nach Polen. Er kauft weltweit Oldtimer-Karosserien, bringt sie nach Polen und lässt sie dort überholen, restaurieren und verkauft sie dann zu einem Mörderpreis an die, die es sich leisten können. Die Liste seiner Käufer liest sich wie eine Aufzählung von Stars und Sternchen, also eher Sternchen und Möchtegern-VIPs, aber er verkauft sie eben an alle, die es sich leisten können und unter anderem eben auch an Herrn Pingel.

Klaus Hubschmidt, der Autoverkäufer, hat eben auch einen Wagen an Pingel verkauft und irgendwas scheint da nicht ganz koscher zu laufen. Er wird uns gleich gebracht und dann kriegen wir schon raus, was mit dem Mann falsch läuft. Die Anzeige wegen des Angriffes auf dich ist auch schon fertig, musst du nur noch durchlesen und unterschreiben."

Sabine schob ihm das Protokoll rüber und er ging, mit Kaffee, Brötchen und Protokoll bewaffnet an seinen Schreibtisch.

Er nahm diesen komischen Plastikdeckel von dem Pappkaffeebecher ab und kippte, die inzwischen nur noch lauwarme Brühe in eine Tasse.

Während er den Kaffee trank, biss er in sein Käsebrötchen und las das Protokoll der Geschehnisse, der letzten Nacht.

Das Ende des Protokolls überflog er einfach.

Wer hat schon Lust über seine eigene Dummheit so ausführlich Bericht erstattet zu bekommen und es dann auch noch zu unterschreiben.

Er setze sein Zeichen auf die dafür vorgesehene Linie und versprach Sabine, als er ihr den Zettel auf den Tisch legte, nie wieder so einen Blödsinn auf eigene Faust zu machen.

„Wenn du das nochmal tust Steffen, dann nur mit meiner vollen Unterstützung, ist das klar?", fragte sie lachend?

Er zog seinen linken Mundwinkel hoch und nickte.

Es klopfte an der Tür.

Ein Kollege in Uniform hatte einen mit Handschellen fixierten, schlanken Mann, mittleren Alters bei sich.

Das war wohl seine Hartholzbegegnung von letzter Nacht.

Heller öffnete die Tür, bedankte sich bei dem Kollegen und bat Herrn Hubschmidt mehr oder minder freundlich einzutreten, sich gefälligst einen Stuhl zu nehmen und erst dann zu sprechen, wenn er gefragt werden würde.

Heller sortierte die Akten vor sich auf seinem Tisch und tat ab und zu so, als würde er einen bedeutungsvollen Blick hineinwerfen.

Dann atmete er tief aus und drehte sich, mit samt Stuhl in die Richtung das Verdächtigen.

„Herr Hubschmidt", sagte er in einem ruhigen Ton, „das ging ja gestern Abend alles ein bisschen schnell. Wir sind uns ja gar nicht vorgestellt worden und auch jetzt, weiß ich nur ihren Namen und dass sie Autos verscherbeln. Erzählen sie doch mal ein bisschen mehr über sich und was sie so tun. Das bringt vielleicht ein bisschen Licht ins Dunkel, warum sie einen Polizeibeamten niederschlagen."

Der Delinquent rutschte zusehends nervöser auf seinem Stuhl hin und her.

Heller rollte mit seinem Stuhl in die Richtung des Angeklagten.

„Hören sie mal zu. Angriff auf einen Polizeibeamten ist ihnen schon mal sicher, dann wollten sie sich unerlaubt vom Tatort entfernen, nächster Minuspunkt. Also tun sie sich den Gefallen und versuchen sie die anstehende Strafe zu verkürzen, in dem sie uns erzählen, was sie dazu getrieben hat. Und uns verkürzen sie damit einfach nur ein unnötig langandauerndes Verfahren. Aussagen machen sich immer gut. Bei uns hier und vor allen Dingen bei den Richtern. Na, wie sieht´s aus?"

Heller rückte noch ein Stück näher an den Autoverkäufer und zog seine Stirn in Falten.

„Ich verkauf doch nur Oldtimer", winselte der Mann. Ich will doch niemandem etwas Böses tun."

Er verdrehte flehentlich die Augen und versuchte aus dem Blickfeld das Kommissars zu verschwinden, der nur ein paar Zentimeter von ihm entfernt saß.

„Und sie wollen grundsätzlich anderen nichts tun, wenn sie mit Holzlatten auf sie losgehen? Wollen sie mich verarschen?"

Heller wurde lauter.

„Wir können genau verfolgen, wo ihre Schrottmühlen herkommen und wo sie hingehen, also machen sie hier jetzt kein auf jung, unerfahren und überrascht. Wir überspringen das jetzt mal mit der Vorstellungsrunde und kommen auf den Punkt.

Haben sie Herrn Pingel, aus Schobüll, auch einen Oldtimer verkauft?"

Der kleine Zittrige nickte.

„Aber schon vor Jahren, jetzt hat er mir nur mal ab und zu einen Gefallen getan und hat meine Autos, die zur Auslieferung hier in die Region noch angemeldet werden mussten bei sich auf dem Hof untergestellt. Mehr nicht. Was ist mit Herrn Pingel, hat der mich angezeigt?"

Heller rückte so nah an das Ohr des kleinen Mannes wie es ging und flüsterte:

„Er ist tot. Ertrunken. Umgebracht. Und sie sind unsere heißeste Spur. Sie haben sich selber in die Schusslinie gebracht. Ich denke mir das so. Sie haben die Autos bei Herrn Pingel untergestellt, aber nicht nur die Autos. Irgendwas war in den Fahrzeugen und in der Zeit, als die Karren ruhig in der Garage standen, haben sie oder irgendeiner ihrer Helfer diesen Zusatz gefunden und entfernt. Pingel hat sie dabei erwischt, wollte ein Stück vom Kuchen abhaben und da haben sie ihn einfach über die Klinge springen lassen. Hört sich für mich schlüssig

und logisch an. Mal sehen, wie das der Richter sieht."
Heller stieß sie mit den Füßen auf dem Linoleumboden ab und
rollte rückwärts zurück hinter seinen Schreibtisch.
Er klappte den letzten Ordner, der noch offen auf seinem Tisch
lag mit einem Knall zu und blickte so zu Sabine, die hinter
ihrem Tisch saß und sich diese Szene wortlos angeschaut hatte.
„Klingt gut für mich. Ich ruf mal eben drüben an und lass uns
einen Durchsuchungsbefehl für das Pingel-Anwesen ausstellen.
Sie griff zum Hörer und Heller konnte sehen, wie die
Gesichtsfarbe den Autoverkäufer langsam, aber auffällig
verließ. Sabine telefonierte mit der Staatsanwaltschaft und
verkündete nach kurzer Zeit, dass sie umgehend nach Schobüll
fahren könnten.
Der kleine Mann wurde zurück in seine staatliche Unterkunft
gebracht und das Ermittlerduo machte sich, gemeinsam mit ein
paar Kollegen auf den Weg.
Dort angekommen machten sich einige Beamte sofort daran,
die Garage und alles was in ihr stand zu untersuchen.
Frau Pingel reagierte nicht so freundlich wie das letzte Mal und
sichtlich nervöser. Sie schob ihr Verhalten einfach auf die
Ungewissheit, in der sie zur Zeit mit ihren Kindern leben würde
und vertraute Sabine an, dass sie Angst um ihre Kinder und
sich hatte.
Sabine konnte die junge Frau und Mutter beruhigen und
erzählte ihr, dass ein Verdächtiger festgenommen sei und sie
nun kurz vor der Lösung des Falles stehen würden.
Statt jedoch beruhigt zu sein, fiel Heller auf, dass die junge
Dame hektischer wurde und begann immer mehr Fragen über
die Garage und die Autos zu stellen.
„Frau Pingel", begann Steffen, als er sich der Dame des Hause
gegenüber setzte, „wir haben eine Spur, Frau Pingel und alles ,

was sie eventuell wissen oder von dem sie denken, dass es uns helfen könnte, bitte, sagen sie es jetzt. Egal wie unwichtig es ihnen erscheinen mag."

Sie biss sich auf die Lippen, schaute an Heller vorbei und begann langsam mit dem Kopf zu nicken.

„Immer, wenn mein Mann eines dieser Autos unterstellte, war es verboten in die Garage zu gehen. Zwei Tage später kam dann ein Mann in einem schwarzen Wagen, mein Mann überreichte ihm den Schlüssel zum Stellplatz, und der Mann verschwand erst in der Garage und dann nach circa dreißig Minuten mit einem dicken Aktenkoffer. Mehr weiß ich nicht."

Heller zog ein Foto aus seiner Tasche und zeigte Frau Pingel das Bild des Verdächtigen.

„War das dieser Mann Frau Pingel?"

Sie sah das Bild an und nickte traurig.

Dann kam ein Kollege von draußen herein, winkte Heller zu und bat ihn zu sich.

Die beiden Männer verließen das Wohnzimmer und gingen auf den Vorplatz.

„Steffen", begann der Kollege, „Koks, es geht um Koksschmuggel. Die ganze alte Karre da drinnen ist voll mit dem Zeug. In Polstern, hinter Seiten und Deckenverkleidung. Mit der Menge können wir heute kündigen und uns alle ein nettes Leben machen. Astreiner Stoff, ungestreckt, mit einem hohen Marktwert, und wir haben noch nicht alles gefunden. Wir nehmen ihn mit zu uns und nehmen den alten Schrotthaufen mal auseinander."

Heller blickte seinen Kollegen fragend an.

„Wie jetzt Schrotthaufen?", erkundigte er sich.

„Naja, oberflächlich sind die Dinger ja eins A, aber wenn man da ein bisschen am Lack kratzt, dann ist er auch schnell ab.

Rost durch und durch. Die Dinger laufen mit gefälschter TÜV-Plakette, wenn sie denn überhaupt gefahren werden. Viele stehen auch einfach so rum. Auf jeden Fall waren sie nicht zum Gebrauch bestimmt, sondern nur zum Transport. Ich sag dir Bescheid, wie die Sache ausgeht."

Der Kollege klopfte Steffen Heller auf die Schulter und ging zurück Richtung Garage.

Heller zog noch einmal an der Zigarette und trat sie im Kies aus, dann kehrte er ins Innere des Hauses zurück.

„Frau Pingel", begann er noch während er auf sie zuging zu fragen, „ sind sie Links- oder Rechtshänderin?"

„Linkshänderin, warum", wundert sie sich über diese Frage.

„Nun", begann Heller, der zur Höchstform aufzulaufen schien, nach dem Empfinden von Sabine, „ der Obduktionsbericht legt genau fest, wie der tödliche Schlag ausgeführt wurde, und das kann nur ein Linkshänder getan haben, zusätzlich haben wir die Tatwaffe gefunden und jetzt brauchen wir nur noch die Fingerabdrücke mit ihren zu vergleichen. Zusätzlich ist uns bekannt, dass sich ihr Mann scheiden lassen wollte, wegen Untreue, und das hätte für sie bedeutet, dass sie keinen einzigen Cent bekommen hätten und ihr feudales Leben hier beendet gewesen wäre. Ein besseres Motiv gibt es nicht."

Er blickte zu seiner Chefin, die mit erstaunten Augen zuhörte und total überrascht von dieser Kausalkette schien.

Sabine stand auf und ging zwei Schritte auf die verzweifelt dreinschauende Frau Pingel zu.

„Kommen sie bitte mit Frau Pingel, wir haben da einige Dinge mit Ihnen zu klären", war die sehr überzeugend klingende Ansage.

„Na gut", antwortete die Beschuldigte, „ wir werden ja sehen."

Zurück in Husum auf dem Polizeirevier, wurde alles an

Beweismitteln aufgefahren, was es zu bieten gab und die trauernde Ehefrau mit dem Tod ihres Mannes in Verbindung bringen konnte.

Das Verhör verzögerte sich, da der Anwalt der Witwe aus Hamburg angereist kam.

Dann betrat ein in schwarzem Nadelstreifenanzug gekleideter, großer, schlanker Mann mit grauen Haaren den Raum.

„Jost von Broich, ich bin der Anwalt von Frau Pingel", kam es in einem tiefen und sonorem Ton aus seinem Schnurbart umrandeten Mund.

„Kommen sie rein, Herr von Broich, nehmen sie sich bitte einen Stuhl. Ihre Mandantin wird gleich hier sein. Einen kleinen Augenblick bitte", kam es von Sabine, der dieser Mann beim ersten Anblick nicht geheuer vorkam.

„Kann ich ihnen irgendetwas anbieten Herr Advokat?", fragte Steffen.

Schlagartig drehte der Anwalt seinen Kopf und begann zu lachen.

„Heller, sie hier? Endlich am Ziel der Karriereleiter angekommen?"

Heller, der seine Hände in den Hosentaschen vergraben hatte, ging langsam auf den Juristen zu.

„Ja, Broich, das bin. Ich bin hier, wo ich mich immer zuhause gefühlt habe. Da, wo meine Wurzeln sind. In der Stadt, die mir zu jeder Tages- und Nachtzeit einen Platz bietet. Ja, ich bin am Ziel. Aber es geht wohl weniger um mich als um ihre Mandantin. Also kümmern sie sich um sie und nicht um mich, denn dafür werden sie nicht bezahlt."

Heller ging zurück an seinen Schreibtisch, und während er noch stand, öffnete sich die Tür. Ein Mitarbeiter aus dem Labor trat ein und überreichte erst Sabine und dann Steffen Heller eine kleine Mappe.

„Wird euch interessieren", war sein kurzer Kommentar, und dann verließ er auch schon wieder das Büro.

„Das ist ja mal ein Ding", flüsterte Heller und klappte die Akte zu und sah den Anwalt an.

Er nahm die Unterlagen in seine linke Hand, hielt sie hoch und wedelte ein bisschen mit ihnen, dann ließ er sie wieder auf die Tischplatte fallen.

„Das wird ihrer Mandantin auf die Füße fallen", kommentierte er die scheinbar neuen und unumstößlichen Ergebnisse.

Auf ein Zeichen hin schnappte sich Heller alle gesammelten Unterlagen, klemmte sie sich unter den Arm, sah den Anwalt erfreut und erwartungsvoll an, blickte dann zu Sabine und sagte, fast fröhlich:

„Wollen wir?"

„Ja, denn mal los", erwiderte Sabine, und der eben noch so selbstsichere Anwalt erhob sich vom Gästeplatz und ging den beiden Beamten hinterher.

Im Verhörraum saß Frau Pingel auf der einen Seite des langen Tisches.

Ihr Anwalt setze sich neben sie und die beiden Kriminologen nahmen gegenüber Platz.

„Es läuft, Frau Pingel", begann Steffen Heller. „Wir haben jetzt alles zusammen. Möchten sie noch etwas sagen, bevor wir beginnen?"

„Ich war es nicht", antwortete sie sichtlich erregt, „es war der Mann auf dem Foto. Glauben sie mir doch."

„Würden wir ja tun und haben wir ja auch lange, aber es haben sich eben etliche Klarheiten ergeben. Nummer 1: Sie waren an dem betreffenden Abend nicht in Schobüll, sondern in St. Peter Ording - mit ihrem Mann. Wir haben eine Aussage eines

Mitarbeiters des Cafés, der ihren Streit weit über den Strand hören konnte und wie das so ist bei neugierigen Menschen. Die nehmen auch schon mal ein Fernglas. Da sie und ihr Mann öfter zu Gast in dem Kaffee, konnte er sie in dem Kaffee warenidentifizieren.

„Mit Verlaub", begann der Anwalt, „das ist aber wirklich sehr dünn. Ein Hilfskellner, der nachts mit einem Fernglas über den Strand schaut und meine Mandantin erkennt?"

„Mit Verlaub", machte Heller den Anwalt nach, „warten sie ab. Das Ende kommt noch. Ob es dann immer noch so dünn ist, können sie dann entscheiden."

„Ich war in Schobüll, zu Hause, bei meinen Kindern", erneuerte Frau Pingel energisch.

Steffen Heller schaute sie an, verzog ein wenig sein Gesicht, biss sich auf die Unterlippe und formte ein langsames: „Nein, waren sie nicht, aber dazu kommen wir noch, meine Teure. Bitte hören sie meiner Kollegin weiter aufmerksam zu. Danke"

Sabine setze sich wieder in eine aufrechte Haltung und fuhr fort:

„Ihr Mann hatte kleine, fast nicht sichtbare Reste Lippenstift an seinem Kragen. Sie haben spröde Lippen, das fiel mir sofort auf und so fand man auch ein kleines Stückchen ihrer DNA an seinem Hemd und auch an seinen Lippen. Gut, dass sie ihn eingetütet haben, bevor sie ihn ins Meer geworfen haben. Drittens und jetzt hat es sich dann auch erledigt mit der Geschichte, dass sie zu Hause gewesen seien. Kollegen haben an dem Abend eine Verkehrskontrolle durchgeführt und sie schienen es sehr eilig zu haben. Das Foto zeigt sie im Auto ihres Mannes. Ihr Mann wusste nichts von dem Kokain, das war ihre Idee. Zusammen mit einem Autohändler haben sie ihre alten Quellen in Polen genutzt, um die Drogen nach Deutschland zu schmuggeln. Ihr Mann ist da völlig ahnungslos hineingeschliddert und auch die Geschichte, dass er nicht in die Garage durfte, ist eine Lüge. Wissen sie, Autohändler können zwar viele Geschichten erzählen, aber sie können ganz schlecht Geheimnisse für sich behalten. Uns liegt ein Geständnis ihres Bruders vor. Ihr Mann hat sie erwischt, wollte sie anzeigen und sich scheiden lassen und das, das konnten sie nicht zulassen.

Sie haben ihn zu einem schönen Abend nach St. Peter Ording gelockt, sind mit ihm weit raus an den Strand gegangen und haben dort bewusst einen Streit provoziert. Nach längerer und auffälliger Schreierei haben sie ihren Mann dort stehen lassen und sind alleine nach Hause gefahren.

Und wie der Zufall es an diesem Abend so wollte, stand dort ihr williger Helfer, wartete auf ihren Mann, und lud ihn ein, ihm zu helfen und zurück nach Schobüll zu fahren.

Doch ihr Mann kam dort nie an. Er wurde schon im Auto betäubt, in Plastik verpackt und bei ablaufendem Wasser am Dockkoog ins Wasser geworfen. Pech war eben nur, dass er in einem geschmeidigen Bogen im Husumer Hafen angespült wurde, ansonsten wäre er einfach so verschwunden."

Heller klappte die Akte zu, schaute zu Sabine, die sichtlich zufrieden neben ihm saß.

„Ach ja, die Kollegen in Polen haben ihren Bruder verhaftet, er hatte sogar noch einige Papiere ihres Mannes bei sich. Er wird hierher überstellt und dann sehen wir weiter. Was wir aber bis jetzt schon wissen ist, dass nach Aussage ihres Bruders und Überprüfung seiner Konten, das Geld und der Auftrag dazu von Ihnen kam verehrte Frau Pingel."

Die Vier schwiegen, der Anwalt zog seine Stirn in Falten.

„Möchten sie sich mit ihrer Mandantin besprechen, Herr Anwalt?"

„Ja, bitte, geben sie mir ein paar Minuten."

„Sehr gerne, wir warten dann draußen", antwortete Heller, griff schon im Gehen nach seinen Zigaretten und öffnete die Tür. Er ließ Sabine zuerst nach draußen, warf dann noch mal einen Blick auf die zwei Zurückgebliebenen und schloss dann die Tür.

Mit einem highfive feierten Sabine und Steffen ihren nahenden Sieg und Heller kommentierte es mit:

„Wir sind ein gutes Team, Sabine. Ich geh eine rauchen."

Heller ging nach draußen und stellte sich mit geschlossenen Augen in die Sonne. Er genoss diesen kleinen Sieg. Sabine und er waren wirklich ein gutes Team. Sie hatten sich während der ganzen Ermittlungen die Bälle wortlos zugespielt und waren so an´s Ziel gekommen. Eine Anklage schien jetzt greifbar und für die Angeklagte nicht mehr abwendbar.

Aber wie sollte es jetzt weitergehen?

Mit ihm?

Hier in Husum.

Er zog an seiner Zigarette und blies den Qualm in die frische und salzhaltige Abendluft.

Was für ein Tag, was für eine Zeit hier auf dem „Dorf."

Er drückte die Kippe im Aschenbecher aus, der auf einem kleinen Fenstervorsprung stand und ging wieder zurück zu Sabine, die vor dem Verhörraum wartete.

Sabine schaute ihn an und konnte sich ein Lachen nicht verkneifen.

„Sie ist nicht gut drauf. Sie schreit seit ein paar Minuten ihren Anwalt an, er solle sie hier rausholen. Ich glaube, dass sie weiß, wie es um sie steht", sagte sie leise.

Heller nickte, grinste in sich hinein und warf seiner Chefin einen triumphierenden Blick zu.

„Das haben wir gut gemacht", lobte er die Teamarbeit.

„Das haben wir wirklich, Steffen und es würde mich freuen, wenn du bleiben würdest. Hier ist gerade eine Planstelle frei und wenn du willst, dann machen wir das von hier aus möglich und dann wird das durchgezogen."

Steffen spielte seit Tage mit dem Gedanken, sich endlich eine Wohnung zu mieten und hier zu bleiben, auch wenn er es nie vor anderen zugegeben hätte, aber ja, Husum war schon eine schöne Stadt.

Klein und übersichtlich, aber schön. Eine erholsame und bunte Stadt am Meer.

Die Tür vor ihnen öffnete sich und im Rahmen stand der Anwalt.

„Ich habe mit meiner Mandantin gesprochen. Sie wird ein Geständnis ablegen. Sie ist zur vollen Kooperation bereit."

„Na dann", kam es unisono aus den Mündern von Sabine und Steffen. Sie betraten erneut das Vernehmungszimmer. Frau Pingel saß mit verweinten Augen immer noch auf ihrem Stuhl.

Frau Pingel begann zu erzählen, das Geständnis wurde aufgenommen und die Angeklagte am nächsten Tag dem Haftrichter überstellt.

Der Job war getan, bis auf die Sache mit dem Autohändler. Dieser wurde an ein anderes Dezernat überstellt, da er nachweislich nichts mit dem Mord zu tun hatte.

Sie machten Feierabend.

„Gehen wir noch einen trinken, Steffen?", schlug Sabine vor.

„Gerne, aber bitte gib mit noch eine Stunde, ich muss vorher noch jemanden besuchen. Ich komme dann in den Bugspriet, ok?"

Sabine nickte, Steffen schnappte sich seine Jacke und ging runter zum Hafen. Er wusste, dass Jan und Johann auf ihrem Kutter sitzen würden. An so einem Abend. Wer könnte es ihnen verdenken?

Als er die schmale Straße runter zum Hafen ging, fiel ihm schon das warme Licht ins Gesicht und die salzgetränkte Luft zog ihm in die Nase. Die Häuserfassaden waren in ein orangenes Licht getaucht und alles erschien so warm und friedlich.

„Einfach, ganz einfach eben", dachte er, „so wie es sein soll."

Die beiden Männer saßen wirklich auf ihrem Kutter, hatten Bier und Brötchen, saßen schweigend nebeneinander und beobachteten ihre Umgebung.

„Moin ihr zwei", grüßte Heller die Männer, die sich beide umdrehten und ihn musterten.

„Ihr seid nicht immer noch sauer, oder?" fragte Steffen.

„Alter, woher denn, das ist ja nun mal viel zu lange her. Du hast ja nicht die Halbwertszeit von Plutonium oder so", bekam er als Antwort von Deck zurück.

„Darf ich an Bord kommen?", fragte Steffen als nächstes.

Die beiden alten Kauze steckten ihre Köpfe zusammen, dann drehte sich Johann um und machte eine einladende Handbewegung .

Heller bestieg den Kutter und setze sich zwischen die beiden Alten.

„Na, ihr Zwei, hat es euch auch wieder zurückgespült?", fragte er, zog ein Bier aus der Tasche und öffnete es.

„Du kommst ohne Gastgeschenk hierher?" fragte mit Blick auf Jan das Getränk.

Heller griff in seine Innentasche und holte zwei weitere Flaschen hervor, reichte sie an die Männer weiter, dann stießen sie an.

„Ja, ist ja nun mal auch am schönsten hier", sinnierte Jan.

„Jo, das ist wohl so", betätigte Johann und Steffen konnte nur ein, „ Wie recht ihr habt", hinzufügen.

„Hast du denn jetzt den Mörder gefunden?" erkundigte sich Johann.

„Sag nichts", unterbrach ihn Jan, „ seine Frau, es war seine Frau, oder?"

Heller nickte und Jan ballte triumphierend seine Faust.

„Gewonnen Leichtmatrose, ich hab´s gleich gesagt!"

Die drei Männer stießen an, auf einen Mann, den sie zwar nicht gekannt hatten, der es aber mit Sicherheit nicht verdient hatte, auf diese Art und Weise postnatal abgetrieben zu werden.

Heller schaute auf seine Uhr.

„Hast Du noch eine Verabredung Herr Oberkommissar?" ulkte Johann.

„Der Erfolg muss doch gefeiert werden, oder nicht?" teilte Heller den beiden Männern mit.

„Das ist richtig und nicht zu knapp, mein Lieber", lachten beide Männer zurück.

Heller verließ den Kutter und ging mit einer gewissen Vorfreude Richtung Bugspriet.

„Jetzt wird gefeiert", dachte er freudig erregt und sah dieses kleine „Dorf" auf einen Schlag mit anderen Augen.

An der Hafenspitze drehte er sich noch einmal um und schaute auf die Schiffe, die an der Kaimauer lagen, die bunten Fassaden der Häuser, die untergehende Sonne und die Möwen, die es sich auf den erwärmten Pollern bequem gemacht hatten. Einfach schön hier.

Er drehte sich um und steuerte zielsicher in Richtung Bugspriet.

Der sommerliche Abend verlagerte sich natürlich nach draußen, in den Biergarten.

Man saß hier eigentlich eher wie im eigenen Garten mit ein paar Gästen.

Die Blumen und Büsche blühten, es gab noch ein paar Spätschichtbienen, die unterwegs waren, die ihr Tagessoll an Nektar noch nicht erbracht hatten und natürlich, wie konnte es anders sein, Mücken.

Aber Steffen Heller musste sich eingestehen, dass er diesen Abend genoss, dass es schön war, hier zu sitzen, einen Erfolg im Rücken, eine entspannte Atmosphäre um ihn herum und Sabine an seinem Tisch.

Das passte schon exzellent zusammen.

Sie verbrachten die ersten Minuten mehr oder minder schweigend, dann begann Sabine:

„Sag mal Steffen, willst du nicht hierbleiben? Das lief doch wie am Schnürchen mit uns beiden. Kannst du dir nicht vorstellen, wieder hier in Husum zu arbeiten und zu leben?"

Das, genau das war die Frage, die sich Heller seit Tagen selbst stellte und bei der er sich, vor sich selbst um eine Antwort gedrückt und vertröstet hatte.

Jetzt gab es kein Entkommen mehr. Sabine würde ihn nicht mit einer lapidaren Aussage davonkommen lassen.

Er drückte sich, soweit es ging in seinem Stuhl zurück, schaute in den Abendhimmel und dann zu Sabine.

„Ich brauche eine Wohnung", war seine Antwort, „so bequem und komfortabel es auch ist, bei meiner Mutter zu wohnen. Ich brauche eine Wohnung."

Kurzes Schweigen lag über dem Tisch.

„Das war ein ja oder Herr Inspektor Heller?", hakte Sabine nach.

„Ja verdammt. Es ist egal, wie sehr ich mich dagegen wehre, es ist schön hier und in Hamburg bin ich einfach durch."

Sabine konnte sich ein Lachen nicht verkneifen.

Sie lachte nicht über Steffen, sondern mit ihm und war froh, dass seine scheinbare Gegenwehr und seine Abneigung gegen alles, was mit dem Leben hier zu tun hatte geschrumpft waren, denn ganz besiegen oder vergraben konnte man ein solches Gefühl wahrscheinlich nie.

Sie verbrachten den Abend in dem Biergarten, tranken Bier, lachten und redeten sogar über eine neue Einrichtung im Büro.

Jedenfalls das Mobiliar, das Heller dort zur Verfügung stand, musste auf einen aktuellen Stand gebracht werden.

Irgendwann wollte Steffen Heller nach Hause.

Sie bezahlten und gingen runter Richtung Hafen, dort würden sich ihre Wege dann trennen.

Sabine stach Helle mit ihrem Zeigefinger in die Seite, sah ihn an und meinte:

„Schönes Wochenende, Großer, grüß deine Mutter und wenn du es wissen willst, ich hätte eine kleine Wohnung mit Garten für dich. Da kannst du sofort einziehen.

Die ist frei und das Tollste, nicht mal bei mir um die Ecke, also keine Nachbarn. Überleg es Dir. Komm gut nach Hause."

Dann drehte sie sich um und Heller schaute ihr hinterher.

„Schon eine klasse Frau", dachte er bei sich.

Natürlich ganz weit im Hinterkopf und so leise, dass er seinen Gedanken selber kaum hören konnte, aber es war so, und es tat gut, Freunde wie sie zu haben.

Er wendete sich ab, warf noch einen kurzen Blick über den Hafen und ging langsam los.

Zu Hause angekommen setzte er sich auf sein Bett, schaute durch sein Zimmer und seine Blicke streiften jedes einzelne Foto.

Jedes von ihnen war mit einer besonderen Erinnerung verbunden.

Schulzeit, Studienzeit, Fußballclub und das kleine Schwarz-Weiß-Foto von ihm und seinem Vater, aus einer Fotobox am Bahnhof in Bremerhaven.

Sein Vater hatte ihm als kleinen Jungen einen Ausflug in das Schifffahrtsmuseum geschenkt und im Anschluss daran hatten sie, denn es gab ja nun mal noch keine Handys für Selfies, dieses Foto gemacht.

Steffen strahlte wie ein Kind an Weihnachten und sein Vater schaute mit seinen beruhigenden Augen direkt aus dem Foto heraus, als würde er immer noch sagen: „Steffen, reg Dich nicht auf, *dat löpt* sich *allens* torecht.“

Allein der Blick seines Vaters beruhigte ihn und dann schaute er in die Augen von Suzie Quattro, die in Lederkluft auf dem Bravostarschnitt stand, mit ihrer Gitarre und ihn erwartungsvoll ansah.

Er schüttelte den Kopf und sagte:

„Ne Suzie, unsere Zeit ist echt vorbei. Sorry, aber du ziehst nicht mit um“.

Er putzte sich die Zähne und legte sich ins Bett. Der Morgen würde früh genug kommen und dann hätte er genügend Vorbereitungen zu treffen, die eben auch mit seiner Mutter abgestimmt werden mussten.

Alles in Allem – ein erfolgreicher Tag!

Der Versetzungsantrag und somit der Umzug kamen schneller als gedacht.

Schon nach drei Monaten war alles arrangiert und gepackt, der Laster stand vor der Tür und Steffen Heller war bereit für einen Neuanfang.

Als er ein letztes Mal sein altes Zimmer betrat, nahm er zum guten Schluss das Foto von sich und seinem Vater von der Wand und sagte leise:

„So Vaddern, nun können wir gehen."

Er steckte das Bild vorsichtig in seine Innentasche, schloss leise die Tür und ging die Treppe herunter vor das Haus.

Alle standen um den Laster herum, redeten, lachten und das Zentrum des Ganzen war seine Mutter.

Sie kannte hier jeden Einzelnen von Kindesbeinen an und lud sie alle zu ihrer Geburtstagsfeier ein, die nur noch zwei Wochen entfernt war.

Heller umarmte seine Mutter, stieg in den Laster und alle fuhren zur neuen Wohnung, um dort auszuladen und aufzubauen.

Der Rest seiner Hamburger Vergangenheit, wurde pünktlich aus der alten Wohnung in Altona nach Husum gebracht.

Erdgeschoss, zwei Zimmer und einen kleinen Garten, der sich an die Fensterfront im Wohnzimmer anschloss.

Eine wunderbare kleine Flucht inmitten der Stadt.

So konnte man leben.

So, konnte Heller leben.

Mitten in Husum.

Alles gut

Der große Tag rückte näher.

Der 80. Geburtstag von Frau Heller.

Irgendwie machte es für Steffen Heller den Anschein, als sei die ganze Stadt aufgeregter, als seine Mutter, denn die verbrachte ihre Tage in aller Seelenruhe auf ihrem Balkon in der Sonne, organisierte und delegierte per Telefon und war einfach nicht aus der Ruhe zu bringen.

Während wahrscheinlich rund um den Globus alle Frauen in heller Aufregung gewesen wären, weil sie nicht wussten, was sie zu einem derartigen Anlass anziehen sollten, schien das seine Mutter nicht zu berühren.

Das war typisch für sie.

In aller Ruhe die Dinge anzugehen, keine Hektik, man kann ohnehin einige Dinge nicht ändern und Geburtstage ohnehin nicht.

Heller hatte diese Gemütsruhe immer bewundert. Das war eine der hervorstechendsten Eigenschaften seiner Mutter, von der er genetisch, leider verschont geblieben war.

An einer anderen Ecke von Husum geriet ein Mann langsam, aber sicher auch in den Bereich der Nervosität.

Winfried Wümme ging in seinem Zimmer auf und ab.

Bei ihm ging es nicht darum, was er anziehen sollte, das hatte er schon seit dem Erhalt der Einladung festgelegt, noch bevor sein Entschluss feststand nach Husum zu reisen.

Nein, bei ihm ging es um den bloßen Kontakt mit Menschen, denen er in den letzten Jahren erfolgreich aus dem Weg gegangen war und von denen er so gehofft hatte, dass sie ihn vergessen hätten.

Das dachte er jedenfalls.

Hier in Husum zu sein war für ihn schon eine große Anstrengung.

Die täglichen Spaziergänge, die frische Luft, die Weite der Natur, ja sicher konnte man das alles genießen, wenn einem, also ihm, nicht das nicht so deutlich gezeigt hätte, wie falsch er in den letzten Jahren gelegen hatte.

Vor dieser Tatsache hatte er in seinem Leben immer am meisten Angst gehabt.

Es schien hier im Norden alles zusammenzulaufen.

Die unendliche Natur führte einfach dazu, dass man sich selbst überdachte.

Dagegen konnte man gar nichts machen.

Das geschah einfach so.

Man blickte über diesen grauen Schlamm hinweg, bis an den Horizont, und es wurde einem einfach klar, wie unbedeutend man selbst und wie wenig interessant die eigenen Vorurteile gegenüber anderen Menschen waren. Das konnte doch nun beim besten Willen nicht angehen, dass so ein bisschen feuchter Sand so etwas mit einem machte.

Praktisch das ganze Leben auf den Kopf stellte und das einfach nur deswegen, weil diese Landschaft da einfach vor einem lag.

Dass die Menschen hier so entspannt und freundlich durch den Tag und ihr Leben gingen, das gab dem Ganzen noch den Rest.

Man war hier einfach einem Leben ausgeliefert, das völlig anders war, als das, was Winfried gelebt und vor dem er immer versucht hatte zu flüchten.

Er hätte aber nie vor sich selbst und erst recht nicht vor anderen bemerkt, dass das, was er hier erlebte, genau diese gelöste und freundliche Routine war, von der er immer geträumt hatte.

Der Norden hatte schon etwas und ihn selbst, hatte er auch verändert.

Ganz ohne Frage.

Er holte den Anzug aus dem Schrank und legte ihn aufs Bett.

Gut sah er aus.

Fast wie neu, was nicht daran lag, dass der Anzug erst vor kurzem gekauft worden war bei C.I.Schmidt, dem hiesigen Großkaufhaus für den täglichen Bedarf sondern einfach deswegen, weil er nicht benutzt worden war und zwei Jahre, eingetütet im Schrank gehangen hatte.

Einfach erstaunlich, fast wie neu!

Als er am Abend im Anzug durch die Küche Richtung Ausgang schritt kam ihm Herr Hinrichsen mit Gattin strahlend entgegen, und beide sahen aus, als wollten sie in die Oper oder ins Konzert.

„Gut sehen sie aus, Herr Wümme, geht´s zur Tante?", fragte Herr Hinrichsen.

Winfried nickte und wandte sich zur Tür.

„Dann können wir sie mitnehmen, denn wir sind auch zur Feier eingeladen, kommen sie", ergänzte jetzt Frau Hinrichsen, hakte sich bei Winfried unter und zog ihn mit nach draußen.

Sie gingen zur Garage, wo das Auto stand.

Herr Hinrichs öffnete seiner Frau die Tür, und sie setze sich auf den Vordersitz.

Dann ging der Friese zur hinteren Tür, machte eine kleine Verbeugung und bat Winfried auf freundliche Art einzusteigen.

Im Auto lief Musik.

Rock` n ´Roll.

Jedenfalls hielt Winfried diese Musik für Rock`n`Roll.

Er kannte ja auch nicht allzu viel Musik.

Mit Schlager kannte er sich gut aus und mit Karnevalsmusik aus Köln, aber sonst?

Sein Bedarf an Lebenslust wurde einmal im Jahr durch Karneval gestillt, dann konnte er ein Jahr seine Batterien wieder laden und dann war ja auch schon wieder der 11.11. – 11 Uhr 11.

Das reichte vollkommen.

Er drehte seinen Kopf und schaute aus dem Fenster.

Die kleinen Häuser und Bauernhöfe lagen alle in einem orangenen Abendlicht.

Winfried fiel kein Maler ein, der so malte, aber es wären bestimmt gut Motive.

Durch die geöffnete Dachluke strömte die Warme Abendluft in den Wagen.

Herr Hinrichs hatte auf Geheiß seiner Frau die Musik ausgeschaltet, und nun fuhren sie durch einen Sommerabend, der wie gemalt war und scheinbar selbst den redseligsten Friesen die Sprache verschlug.

Winfried wusste an vielen Stellen in seinem Leben nicht, was er sagen oder fühlen sollte, aber das hier gerade konnte er nur mit einem Wort beschreiben: Ruhe und Ruhe war das Ziel seiner Suche der letzten Jahre gewesen.

Es konnte und durfte aber nicht sein, dass es ausgerechnet hier im Norden, in der Einsamkeit unter Fremden Menschen mit wilden Tieren, nein, das konnte wirklich nicht so sein.

Sie fuhren noch ein kurzes Stück am Hafen entlang, dann bogen sie ab und hielten auf einem großen Platz.

Frau Hinrichs dreht sich nach hinten und sagte leise, wie zu einem Kind:

„Wir sind da, Herr Wümme."

Der Saal war groß und hoch und Winfried hatte das Gefühl, als stünde er auf der Deichkrone und würde versuchen das Ende des Meeres zu erkennen, so endlos erschien ihm hier alles.
Eine junge Frau mit einem Tablett mit vollen Gläsern kam auf ihn zu und zwang ihn zum Trinken.
Und er trank.
Erst den Sekt, dann folgte Bier, echtes Bier eben.
Auf der Suche nach seiner Tischkarte entdeckte er so viele Menschen, von denen er keinen einzigen kannte.
Er hatte sie wirklich vergessen.
Dann fand er seinen Platz, zog den Stuhl zurück und setze sich.
Die erste Hürde war genommen.
Er lehnte sich, noch etwas verkrampft, zurück in den Stuhl und nahm sich das nächste Bier, das in seiner Reichweite stand.
So ließ sich das hier aushalten.

Steffen Heller war noch nicht auf der Party aufgetaucht.
Er hatte noch eine Verabredung.
Mit seinem Vater.
Er saß mit einem alkoholfreien Bier auf der Bank vor dem Grabstein, zündete sich eine Zigarette an und öffnete die Flasche.
„Mensch Papa, deine Frau hat Geburtstag, willst du dich nicht mal langsam fertig machen und rüberkommen? Du weißt genau, Du fehlst ihr und mir auch. Also zier dich nicht so. Ich wollte dir eigentlich nur sagen, dass ich jetzt hierbleibe, in Husum, und ich auf Mutti aufpasse. Mach dir keine Sorgen. Wir

kriegen das schon hin, aber du fehlst eben."
Er nahm einen großen Schluck aus der Flasche und
irgendetwas schnürte ihm die Kehle zu.
„Prost Papa, du warst, bist und bleibst mein Vorbild", flüsterte
er mit leicht zitternder Stimme.
„Dir einen schönen Abend", dann stand er auf und wendete
sich zum Gehen.
Im Toreingang des Friedhofes stand Sabine und beobachtete
die Szene.
Heller ging auf sie zu und die zwei umarmten sich.
„Er fehlt mir einfach", flüsterte Heller und Sabine drückte ihn
so kräftig sie nur konnte.
Dafür sind Freunde ja nun mal da.

Der Saal füllte sich, die Gäste kamen, suchten ihre Plätze und
verteilten sich an den Tischen.
Frau Helle saß an einem Tisch mit ihrer Familie und ihren
besten Freunden, obwohl sie da keine Unterschiede machte.
Es gab Freunde, aber keine guten oder schlechten Freunde.
Wie sollten denn schlechte Freunde überhaupt Freunde sein.
Ihr war es schon ein bisschen unangenehm, dieses ganze Fest
und nur wegen ihr.
Sie hatte ja nur Geburtstag und keine tolle Leistung vollbracht.
Älter werden konnte ja nun jeder.
Sie ließ ihren Blick durch den Raum schweifen und wollte
sehen, ob sich alle wohlfühlten und dabei streifte ihr Blick den
noch vorne gebeugten Körper von Winfried Wümme.
Sie stieß Steffen an, der an ihrer linken Seite saß und bat ihn,
Winfried an den Tisch zu holen.
Heller stand auf und bewegte sich in Richtung Winfried, der

mit nichts anderem gerechnete hatte, unvermittelt von hinten berührt zu werden. Er zuckte zusammen, als Steffen seine Hand auf seine Schulter legte.

„Deine Großtante hätte dich gerne in ihrer Nähe, magst du zu uns an den Tische kommen, Winfried?"

Winfried riss sich zusammen, nickte vorsichtig, als erwarte er jede Sekunde noch einen kräftigen Nackenschlag, stand dann aber auf und folgte Steffen zum Geburtstagskindertisch.

Frau Heller freute sich aufrichtig und hatte während Steffens Abwesenheit alles so arrangiert, dass Winfried nun genau neben ihr saß.

„Wir haben so lange nicht geschnackt, Winfried und nun nehmen wir uns einfach mal die Zeit", sagte sie und lächelte ihn an.

Der Abend verlief, jedenfalls für Winfried, zum großen Teil störungsfrei.

Mit zunehmendem Biergenuss löste sich auch seine Zunge, und er erzählte davon, dass seine Frau ausgezogen sei, weil er ihr einfach nur noch auf den Wecker gehen würde.

Das hatte sie wörtlich gesagt, oder eben so ähnlich.

Frau Heller war bestürzt über diese Nachricht, denn Jutta Wümme, war für sie immer eine ausgeglichene Frau mit außergewöhnlicher Nervenstärke gewesen, die sie einfach sehr geschätzt hatte.

„Mensch Winfried, ruf sie an", sagte sie, „ erklär ihr das mal und dann kriegt ihr das auch wieder hin, aber schmeiße die Jahre nicht weg. Das wirst du bereuen."

Sie redeten aber nicht den ganzen Abend nur über die Trennung, obwohl Winfried auf einen Schlag das Bedürfnis hatte, jedem davon zu erzählen und sich zu rechtfertigen.

Irgendwann lösten sich die festen Formationen an den Tischen auf, einige Gäste tanzten und andere wanderten durch den Raum und suchten sich neue Sitzplätze.

Neue Konstellationen entstanden.

So auch an Winfrieds Tisch.

Auf einen Schlag saß der fröhliche Herr Hinrichs neben ihm und fragte, wie es ihm denn hier im Norden nach den paar Tagen gefallen würde, ob er sich wohl fühle und ob er schon wisse, ob und wann er denn mal wieder vorbeischauen würde.

Das waren Fragen, die Winfried nicht beantworten konnte.

Nicht jetzt!

Ganz langsam erhob er sich, schob mit den Kniekehlen den Stuhl zurück und ging geradewegs Richtung Ausgang.

Draußen vor der Tür standen ebenfalls Gäste, die Raucher, die mit Bier und Weingläsern in der einen und dem Glas in der anderen fröhlich miteinander redeten und sich scheinbar ihres Lebens freuten.

Winfried ging zur Straße und blickte einmal in die eine und dann in die andere Richtung.

Da stand sie.

Eine Telefonzelle.

Während er auf sie zuging, das Kleingeld aus seiner Tasche kramte, zog er einen kleinen Zettel aus der Innentasche.

Er griff sich den Hörer und wählte die Nummer, dann machte es klick und er hörte ein leises:

„Hallo".

„Hallo Jutta, hier ist Winfried."

Steffen Heller saß zwischen Jan und Johann und alle redeten über vergangene Zeiten und über den Mordfall Pingel. Sie lachten, stießen an und feierten den Geburtstag seiner Mutter, einer Institution, wie Johann immer wieder betonte.

Heller schaute immer wieder zu seiner Mutter, die ebenfalls ihren Platz verlassen hatte und sich mal hier und mal da an den Tisch setze, um mit ihren Gästen zu reden.

Sie lachte viel und man konnte ihr eines ansehen.

Das hier war definitiv nicht der letzte Geburtstag, den sie zusammen feiern würden.

Dann, ganz unvermittelt, wie der Sherriff in einem Western den Saloon betritt, betrat Winfried Wümme erneut den Saal.

Aufrecht und zielgerichtet ging er durch die Menschen hindurch, und Heller konnte das nur mit offenem Mund verfolgen.

Winfried setze sich erneut neben Herrn Hinrichs, schaute ihn an, Hinrichs nickte und dann schüttelten sich die beiden die Hände.

Was da passiert war, konnte man nur raten.

Irgendwann verließen die ersten Gäste die Feier und auch Heller wurde langsam müde.

Sabine hatte sich mittlerweile neben ihn gesetzt und auf die Frage, ob sie gehen sollten, nickte sie und holte ihre Jacke.

Heller informierte noch seine Mutter, dass er jetzt gehen würde, drückte sie kurz und bedanke sich.

Sabine bedanke sich ebenfalls und gab Frau Heller einen kleinen Kuss auf die Wange.

Steffen Heller und seine Chefin gingen wieder einmal runter Richtung Hafen.

Die Bank an der Hafenspitze war frei und Heller lud seine Begleitung auf einen Absacker unter dem Sternenhimmel ein.

Sabine war erstaunt und willigte ein.

Sie setzen sich auf die Bank und Heller zog aus der Innentasche zwei kleine Schnapsgläser und eine Flasche Linie. Er goss beide Gläser bis zum Eichstrich voll und reichte Sabine ein Glas.

Sie stießen an und tranken.

Dann schauten sie auf den Hafen und den sich anschließenden, vollbehängten Sternenhimmel.

Dann sagte Heller: „Ist es nun nicht schön hier?"

Sabine nickte und antwortete leise:

„Jo, einfach schön hier."

Nachwort

So Leute,
das war´s jetzt!
Ich hoffe, dass Euch die kleine Reise in den schönen Norden ein
wenig Lust auf mehr, oder noch mehr Meer gemacht hat!
Es ist schon wirklich einmalig da oben, irgendwo an der Küste
zu sitzen, am Strand oder am Hafen, den salzigen Geruch in der
Nase und den dampfenden Kaffee vor sich.
Der Blick aufs Wasser, das Möwengeschrei im Ohr und wirklich
überall nette Menschen, die alles andere und bessere zu tun
haben, als sich gegenseitig zu nerven.
In meiner überschwänglichen Begeisterung würde ich ja fast
vom gelebten Frieden sprechen wollen, aber übertreiben will
ich ja nun auch nicht.
Es reicht einfach zu sagen, dass der Landstrich zwischen den
zwei Meeren unbeschreiblich vielfältig, malerisch und kraftvoll
entspannend ist.
Für diese Einstellung und die Sicht der Dinge, muss ich mich bei
meiner gesamten Familie und speziell bei Nomine Jacobsen
bedanken, ohne deren Spruch: „Ist es nun nicht schön hier",
dieses Buch niemals entstanden wäre.
Vielleicht treffen wir uns ja später auf dem Deich, macht´s gut,
man sieht sich, moin denn,

Chris Jacobsen

Bücher, die von mir ebenfalls bei BoD erschienen sind:

Down and out am Arsch der Welt   Der Roman

L...wie   Gedichte, Gedanken, Kurzgeschichten

#JetztAber – Nachdenkliches, Humoriges, Sarkastisches

Alle im Buchhandel und natürlich auch als eBook

Zu erreichen bin ich über meine Webseite:

ChrisJacobsenAutor.com

ACHTUNG!

Wer diese Möwe irgendwo sieht und erkennt, bitte melden.
Das muss reichen!